JOSEPH BOUBÉE

La Littérature Belge

Le sentiment et les caractères nationaux
dans la littérature française de Belgique

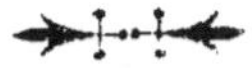

BRUXELLES
LIBRAIRIE ALBERT DEWIT
53, RUE ROYALE
1906

La Littérature Belge

JOSEPH BOUBÉE

La Littérature Belge

Le sentiment et les caractères nationaux
dans la littérature française de Belgique

BRUXELLES
LIBRAIRIE ALBERT DEWIT
53, RUE ROYALE
1906

LA LITTÉRATURE BELGE

L'expression de littérature belge est pour faire sourire certaines gens. Elle est exacte pourtant, puisqu'elle répond à une réalité objective, et elle n'a certes pas ici la moindre intention d'ironie. Il y a une littérature belge.

Est-ce à dire qu'il y ait une langue belge? Oui, si l'on en croit M. Léopold Courouble, le peintre humoristique des mœurs bruxelloises. Comme Daudet, enfant du Midi, s'est moqué de sa province par un sentiment qui ressemble un peu à de la vanité de parvenu, ainsi M. Léopold Courouble, Belge de naissance et l'un des plus originaux parmi les littérateurs bruxellois, n'a pu résister au malin plaisir d'écrire un pamphlet sur la langue belge.

A vrai dire, il venait trop tard. Comme le remarque heureusement M. Camille Lemonnier, « tout a bien changé depuis les jours où Scholl, ponctuellement, commençait ses chroniques sur Bruxelles par le fameux « Savez-vous » ? et où « le parler belge était une des facéties goûtées du boulevard ».

Car on s'en est enfin douté : ce parler belge n'est que celui des *marolliens* de la *rue Haute*. On ne l'entend pas avenue Louise. On ne le trouve pas dans les colonnes de la *Revue générale* et de la *Revue de Belgique*. Les Belges qui le veulent bien parlent et écrivent le français aussi correctement que les Parisiens de Paris.

Mais, s'ils n'ont pas une langue à eux, les Belges ont du moins une littérature qu'ils peuvent revendiquer comme leur bien propre. Ce qui caractérise, en effet, une littérature, ce n'est pas seulement de s'exprimer par tel ou tel agencement de syllabes et de mots qui constituent une langue. C'est aussi, et surtout, d'être l'épanouissement d'une âme, d'être l'expression de la vie et des sentiments d'un peuple ou d'une civilisation. Cent fois on a parlé chez nous des poètes bretons,

des conteurs gascons, sans vouloir désigner par là des écrivains qui employaient le vieil idiome celtique ou la sonore
lengo moundino : n'appelle-t-on pas, et à bon droit, poètes
bretons des hommes tels que Brizeux, Botrel et Le Goffic?
C'est qu'en employant, comme tant d'autres, la langue française, ils n'ont fait chanter par elle, dans presque toutes leurs
œuvres, que l'âme rêveuse et tendre, superstitieuse et che-
valeresque de leur vieille Armorique.

Ainsi en est-il heureusement de beaucoup de Belges, et
surtout des plus récents parmi les écrivains de ce petit pays
toujours grandissant. A mesure que se creusent les frontières
politiques de la Belgique, dont plus d'un trait, en 1830, fut
tiré arbitrairement, le pays prend conscience de sa personnalité et de sa vitalité propre. C'est l'œuvre de la littérature
nationale d'alimenter ce sentiment, de le développer, de
l'exalter enfin et de le traduire en des termes tels, que le
peuple retrouve, dans les œuvres de ses fils et de ses docteurs, l'image fidèle de sa vie, de ses sentiments, de son
âme.

Or, cette grande œuvre est précisément en train de se
réaliser. Il y a eu, depuis vingt-cinq ans surtout, et il y a
maintenant en Belgique beaucoup d'écrivains de talent qui,
par le fond même de leurs ouvrages comme par la forme
dont ils le revêtent, méritent le nom d'auteurs nationaux. Ils
empruntent leur sujet ou leur inspiration à la Belgique,
celle d'autrefois, celle d'aujourd'hui, même celle de demain ;
ils révèlent, dans leur manière de concevoir et d'écrire, un
ensemble frappant de qualités communes à tous et qui
paraissent, avec leurs exagérations et leurs déficits aussi,
être l'apanage intellectuel de la nation. Ils sont donc vraiment et proprement les *écrivains belges*.

Bien entendu, il ne sera pas ici question des auteurs
flamands, tels que Guido Gezelle, van Langendonck et
Streuvels ; ni des écrivains qui ont, comme M. Defrecheux,
doté d'une littérature le dialecte wallon. D'autre part, et non
sans regret, il faut aussi laisser de côté les hommes dont
toute l'ambition fut de penser et d'écrire *à l'instar de Paris*,
et qui y réussirent parfois jusqu'à mériter le suffrage flatteur
de l'Académie française. M. Fernand Séverin vient d'avoir

cet honneur; M. Valère Gille l'eut avant lui. Impeccables parnassiens, ils se rattachent, comme MM. Iwan Gilkin et l'abbé Hoornaert, d'ailleurs si différents entre eux sur d'autres points, à ce groupe de poètes ciseleurs, ouvriers d'art savamment laborieux et splendidement métallique, dont les maîtres s'appellent Leconte de Lisle, de Heredia et Sully-Prudhomme. Ceux-là, pour la plupart, ne doivent presque rien à la Belgique et la Belgique ne leur doit presque rien non plus : ils ont moins travaillé pour elle que pour nous.

Mais parmi ceux qui parlent, comme eux, le français de France, nous retiendrons ceux-là seuls qui s'accusent plus nettement belges par le fond et la forme de leurs œuvres. Et c'est pourquoi l'on se tromperait en voulant mesurer l'importance absolue d'une œuvre ou le mérite absolu d'un auteur à la place qu'ils tiennent dans ces pages. Tel dont les écrits trahissent à peine la nationalité et qui, par conséquent, ne nous occupera guère, peut bien être néanmoins, comme le tendre et suggestif auteur des *Feuillées*, un des meilleurs écrivains français nés en Belgique.

I

LE SENTIMENT NATIONAL.

Le sentiment national est fait d'abord du souvenir et de l'amour des ancêtres. C'est pourquoi, plus vite et plus clairement que partout ailleurs, un peuple prend conscience de lui-même chez ses historiens. A eux de lui montrer, par l'énumération de ses gloires généalogiques, qu'il n'est pas un enfant trouvé de la diplomatie ou de la guerre.

A cette œuvre travaillent entre beaucoup d'autres, avec un talent hors de pair, deux écrivains belges, MM. Henri Pirenne et Godefroid Kurth. Le premier, ouvrier patient, aux entreprises laborieuses et grandioses, est en train d'élever à sa patrie un véritable monument d'érudition, où rien ne sera oublié de ce qui illustra, au cours des âges, les provinces actuelles du royaume, une sorte de Panthéon où revivront, pour ne plus mourir, tous les grands hommes qui, par des attaches même lointaines, peuvent être revendiqués comme de nobles aïeux par les Belges de nos jours.

Le second, connu surtout en France par son *Clovis* et ses *Origines de la civilisation*, est le maître du peuple, des petits, de tous les enfants de Belgique, par son histoire nationale d'une conception si ample et en même temps si simple, d'un style si resplendissant, mais en même temps si limpide. Orateur et peintre autant qu'historien, il a le don des représentations vastes et saisissantes. Poète dès son enfance, il a gardé quelque chose de ses vibrants enthousiasmes et nul hymne plus enflammé, nulle épopée plus glorieuse pour la Belgique n'a été chantée, que ce petit poème en prose, *la Patrie belge*, tombé, en cette année jubilaire, de la plume et du cœur de M. Godefroid Kurth.

D'autres avant eux, comme le baron de Gerlache et M. Nothomb, avaient déjà esquissé la généalogie de la nation belge. Chaque jour, des écrivains d'histoire locale y ajoutent avec bonheur quelques traits; et des vues synthétiques très remarquables ont été naguère encore exposées par MM. Carton de Wiart et le commandant Ernest Milliard.

Assurément, l'ardent patriotisme de ces historiens amplifie un peu leur vieille patrie, pour mieux exalter la jeune. Il y a quelque ingénieuse exagération à dire, par exemple, que «les Croisades sont *avant tout* une œuvre belge»! Pourtant ils savent si bien nous faire observer que Pierre l'Ermite vint des bords de la Meuse pour soulever l'Europe et la lancer vers l'Asie; que Ludolphe de Tournai fut le premier à sauter sur les remparts de Jérusalem; ils rappellent si justement les grands noms de Godefroy de Bouillon et de Baudoin de Flandre, qu'en fin de compte on leur donnerait volontiers raison sans trop de jalousie. N'est-il pas aussi pardonnable d'être un peu partial pour sa patrie, qu'il est odieux de l'être contre elle?

Le sol que les Belges foulent a de tout temps produit des héros. Il importe peu, en somme, que Godefroy de Bouillon n'ait rien de commun avec la West-Flandre et van Artevelde avec le Luxembourg. Toute l'histoire de la *Terra patria* devient, dans la suite des siècles, le patrimoine indivis de la nation. On a le droit, le devoir même, d'honorer les ancêtres héroïques, et il serait ridicule de vouloir borner la fierté nationale du peuple belge au sentiment de ses grandeurs présentes. Aussi, lorsqu'ils sont éloquents et sincères, pardonne-t-on volontiers à ses historiens le ton de panégyrique jusqu'où, par moments, s'enfle leur voix.

D'ailleurs, ne sommes-nous pas mal placés, en France, pour estimer à sa juste valeur le patriotisme national des Belges? L'idée de patrie, intimement liée chez nous à celle de l'unité politique, n'a pas du tout le même sens chez eux. Pour ces populations diverses, habituées depuis des siècles à des dominations politiques toujours changeantes, l'histoire de la vieille patrie est celle de la commune libre. Peu leur importe, car peu leur importa de tout temps, le pouvoir central. Chaque ville avait jadis sa charte, dont les copies jaunies pullulent encore dans les archives des plus petites communes. La vie nationale se déroulait autour de chaque beffroi, et le lien était fait entre les communes, beaucoup moins par la dépendance d'un même chef, très aléatoire, que par la communauté toujours constante de foi et de traditions. Les pérégrinations apostoliques des premiers évêques, saint Lambert et saint Servais surtout, avaient dessiné d'avance la carte de la *Belgique*. Ce nom, si différent de sens dans les textes fameux de César, de Guichardin, de saint François Xavier, si vague aux débuts de l'histoire moderne, commençant à se dessiner un peu clairement sous Philippe le Bon, accentuant ses traits dans la lutte contre la Réforme, les gravant enfin sur l'airain de l'impérissable histoire par la Révolution brabançonne, par la *guerre des paysans* et celle de l'*Indépendance*, que signifie-t-il donc, sinon liberté provinciale et catholicisme national?

Voilà ce que, mieux que personne, a montré l'historien de *Clovis*. Sa foi perspicace et courageuse lui fit pénétrer intimement et mettre admirablement en lumière ce qui, bien avant tous les traités et les négociations diplomatiques, avant même les révolutions et les guerres, a constitué le peuple belge dans son unité. Ce principe, actif déjà, mais latent lorsque la Belgique n'était pas encore arrivée à la possession de son indépendance et à la pleine conscience de sa personnalité distincte, nous le voyons aujourd'hui largement épanoui et merveilleusement fécond :

« Au milieu de l'univers dominé par le schisme, par

l'hérésie, par la franc-maçonnerie, la Belgique arbore fièrement le pavillon de Jésus-Christ ! Vive le Christ qui aime les
Francs ! Voilà le premier cri par lequel l'âme belge s'est
affirmée dans l'histoire. Et ce cri, toute la nation n'a cessé
de le répéter, le transmettant de siècle en siècle comme le
mot d'ordre de la civilisation.

« Aucun peuple n'a glorifié Jésus-Christ comme nous
l'avons glorifié... Notre devise nationale pourrait être celle
de la ville de Malines : *In fide constans.* Notre sol fut de tout
temps le boulevard du catholicisme dans le monde... Pour
lui rester fidèles, nous nous sommes séparés, au seizième
siècle, de nos frères hollandais, qui avaient identifié le culte
des libertés nationales avec le protestantisme. Pour lui rester
fidèles, nous nous sommes soulevés au dix-huitième siècle
contre le gouvernement des Habsbourg, que nous aimions.
Pour lui rester fidèles, nous avons détruit en 1830 le royaume
des Pays-Bas, qui faisait de nous presque une grande nation.

« Car par-dessus tout, plus que nos libertés, plus que nos
princes, plus que nos grandeurs nationales, nous aimions la
foi catholique, qui était l'âme de notre âme. »

Mais il faut bien l'avouer. Le patriotisme des historiens
est en avance sur celui des masses ; et la superbe conception
qu'ils ont déjà de l'unité nationale belge, n'est pas encore
entrée dans le cerveau du vulgaire. Le sentiment de la petite
patrie, l'amour du val ou de la plaine que les grands-pères
ont cultivé, est autrement fort ; et longtemps, en Belgique, le
bourgeois, tout comme le paysan, continuera d'aimer son
clocher, son beffroi, sa ville, bien plus et mieux que l'agglomération politique, un peu disparate, issue de 1830.

Or, ces objets de son amour traditionnel, le peuple belge
les retrouve avec bonheur chez beaucoup de ses écrivains,
spécialement chez les romanciers. Voilà pourquoi ceux-ci
furent, dès les débuts, les grands artisans de la littérature
nationale.

Le premier en date et le plus génialement inspiré de tous,
Charles de Coster, écrivit la légende d'Uylenspiegel, où se
retrouve le type le plus cher à la fois au folklore flamand et
aux traditions wallonnes. Depuis que le monde est monde,

le petit *kindje* flamand entend sa mère lui narrer les merveilleuses aventures d'Uylenspiegel, et les enfants de Wallonie s'endorment en songeant aux fredaines de Jean de
Nivelles. Ce héros populaire, de Coster l'a fait revivre, non
pas en retraçant sa physionomie lointaine, comme figée dans
la mémoire des générations, mais en l'animant de nouveau
par une véritable résurrection. Et c'est à lui, sans doute,
que les prosateurs belges contemporains doivent en grande
partie l'heureuse idée d'emprunter si souvent aux traditions
nationales le cadre de leurs fictions romanesques.

M. Eugène Demolder, par exemple, ressuscita dans les
Contes d'Yperdamme le moyen âge flamand, avec ses rêveries
mystiques et ses pantagruéliques festins ; dans sa *Route
d'émeraude* il retrace, en un luxe de détails sensuels, le matérialisme païen de la Renaissance en Hollande. Plus récemment, *la Cité ardente* de Liège a revécu sous la plume de
M. Carton de Wiart, et le beau livre de cet écrivain catholique
a heureusement prouvé que l'on peut, sans tomber dans les
excès du réalisme si cher aux romanciers flamands, atteindre
à la perfection de la couleur locale et de la reconstitution
historique la plus puissante. Bien d'autres, d'ailleurs, avant
ceux-là, et spécialement Henri Conscience, si universellement
connu il y a quelques années, avaient traité d'une manière
plus ou moins heureuse des sujets d'histoire nationale. Ils
avaient aussi parfois abordé la description des mœurs locales
ou provinciales. Mais les essais de Victor Joly, d'Eugène
Gens, de Jules Wilmart, pour n'être pas sans mérite, res-
taient encore des tentatives isolées et un peu incertaines.

De nos jours, le roman de terroir est devenu en Belgique
le plus florissant de tous. Il serait probablement assez facile
et, à coup sûr, intéressant d'entreprendre une *Géographie
pittoresque de la Belgique d'après ses grands écrivains*. Car
il n'est pas de province, et même presque pas de ville un peu
importante, qui n'ait ses auteurs de talent, auxquels elle doit
une description minutieuse de ses traits caractéristiques, un
tableau achevé de sa physionomie physique et morale.

Tout le pays peut revendiquer M. Camille Lemonnier comme
sien. Car, pour habitué qu'il soit aux boulevards parisiens,
cet écrivain puissant et divers, brutal et tendre, est Belge

dans l'âme. Il a prouvé surabondamment son admiration ardente et son amour pour sa patrie par deux livres qui méritent de survivre à beaucoup d'autres de ses œuvres. Ce fut, il y a beau temps déjà, son grand ouvrage sur *la Belgique*; c'est tout récemment encore ce volume charmant et érudit, cette causerie spirituelle et brillante qu'est *la Vie belge*. De son œil à la fois bonasse et vif, qui, sous un sourcil légèrement broussailleux, perce et compatit tout ensemble, il a bien scruté son pays; il en connaît les habitants et les aime. Pourtant, il l'a avoué lui-même, il se plaît surtout « à regarder filtrer dans l'âme des élémentaires les vertus rudes et simples des paysages ». Ce qui veut dire, pour être franc, que son observation se borne trop souvent à l'analyse des âmes les plus épaisses, enfoncées dans la matière jusqu'à une demi-inconscience. A ne suivre que ce guide, on aurait une idée peu flatteuse du peuple belge.

D'autres auteurs sont bien là pour nous conduire à travers les Flandres et la Wallonie. La plupart sont gens de talent; mais beaucoup d'entre eux sont encore, comme MM. Lemonnier et Demolder, des hommes dont le langage trop cru répugnerait aux oreilles pies, ou tout simplement honnêtes. C'est dire qu'il ne faudrait pas entraîner tout le monde à leur suite; l'art, d'ailleurs, pas plus que la morale, ne s'accommode jamais du réalisme grossier et des descriptions obscènes. Cette réserve faite, — et elle est assurément capitale, — rien n'empêcherait de demander à chacun d'eux quelques pages sur sa terre de prédilection, et l'on aurait ainsi, je gage, le plus littéraire des guides-albums dont un pays puisse être l'heureux objet.

La Flandre aurait bien des panégyristes. En un style heurté, mais puissant, dont l'âpreté gutturale semble sonner parfois plus flamand que français, M. Georges Eekhoud nous promènerait à travers *la Nouvelle-Carthage*; il nous présenterait les *pacauts* du polder anversois, « robustes et farouches, entêtés et ignorants, râblés et mafflus ». Mais sur les pas d'un cicérone qui se déclare cyniquement admirateur « des vices », même de son pays, et se plaît à les décrire, nous irions plus souvent nous perdre aux goinfreries plantureuses et aux barbares jeux de l'oie des kermesses, — pour ne rien dire de plus, — que traîner la jambe dévotement derrière les pèlerins

de Montaigu, dont la « psalmodie monotone, toujours reprise
et toujours interrompue, semble la respiration de la plaine
oppressée ».

Disciple un peu moins débridé de ce maître sans vergogne,
M. Georges Virrès nous ferait connaître la Campine; il vaudrait la peine, en sa compagnie, de visiter les bonnes gens
dans leur petite ville de Tiest (car on la trouverait vile et
plutôt deux fois qu'une), « où les vêtements, comme les pierres,
ont les teintes assourdies, tranquilles, presque pieuses du
passé ». Puis, revenant vers Bruges, nous irions, à travers
les rues grises, sur le quai du Rosaire ou sur le lac d'Amour,
suivre ce grand rêveur, un peu malade, que fut Georges Rodenbach. Quel plaisir de voir le Brabant avec M. Léopold
Courouble; il nous introduit d'emblée au cœur de Bruxelles,
et chez *Pauline Platbrood*, chez *Joseph Kaekebroeck*, ou chez
les *van Poppel*, on est si vite à l'aise en sa compagnie! Il est
vrai, c'est bien un peu trop constamment dans les quartiers
de la *porte de Flandre* ou de la *rue des Minimes* que nous
promène sa bonne humeur intarissable, son esprit bon enfant,
essentiellement bourgeois. Mais combien d'autres pinceaux
la capitale a séduits encore! Ce fut jadis celui de Louis
Hymans, et plus près de nous, celui de M. Franz Mahutte,
avec qui l'on peut décemment faire d'exquises promenades.
Puis, délicatement, M. Dumont-Wilden nous ferait connaître
aussi quelques *coins de Bruxelles*, de ceux qu'on voit avec
les regards de l'esprit plus qu'avec les yeux du corps; de ceux
où l'on rit moins bruyamment, mais où, sans être éclaboussé
par les *loques à reloqueter*, on peut observer en paix, rêver
un brin et se livrer aux douces méditations qu'aiment les
âmes d'artistes. Enfin, le pèlerinage que nous voulions faire
en Flandre, nous le ferions aux portes de Bruxelles, dans
cette petite *Cité Brabant*, dont les bonnes gens, le sanctuaire,
les *festivités* bruyantes, les petites intrigues et les petits
cancans ont inspiré à MM. Cornelis et van Grin quelques
bien jolies pages.

Après les mornes paysages de Flandre, nous visiterions
les sites plus doux du Tournaisis, les campagnes du Hainaut,
le pays noir du Borinage et les campagnes florissantes du Sud-
Ouest. M. Maurice des Ombiaux nous ferait admirer « les

lignes bleues des collines qui ondulent à perte de vue » ; deviner, « à ses brumes plus denses, la vallée où coule la rivière tortueuse entre les bois et les rocs bouleversés ; » distinguer « les hameaux dans les replis des collines » ; mais, plus encore que les rives pittoresques de la Sambre et de la Meuse, observer les âmes laborieuses et frustes de ceux qui les peuplent. A Namur, M. Paul André nous montrerait, en passant, la citadelle avec « son prestigieux paysage d'horizons lointains ». Nous descendrions doucement vers Liége, à travers les verdures fraîches et les âmes tendres, écoutant M. Georges Garnir dire ses *Contes à Marjolaine*, et M. Edmond Glesener narrer la sentimentale aventure du pauvre François Remy. En chemin, ce curieux psychologue, ce descriptif patient et fort, mais un peu trop ami du noir, qu'est M. Hubert Krains, nous ferait pénétrer dans l'âme agreste et mélancolique du Hesbignon. Et peut-être M. Louis Delattre, cet amoureux jaloux de son pays, consentirait-il pour nous à découvrir, « aux jeux du soleil, son plus vieil amour : ce village qui est la fleur d'un pays bien-aimé, le chef-d'œuvre du mariage de la rivière à la colline, la réussite des bois avancés dans les prairies ; » simple agglomération de « cent maisons de calcaire bleu », mais où, « de sa race, bat le cœur patient et doux, où brille l'âme tendre de sa patrie ».

Et nous voici à Liége, où plus d'un parmi ces compagnons de route pourrait aussi nous introduire, mais où nous attend déjà un écrivain de race, M. Joseph Demarteau. Celui-là est excellemment de ceux auxquels on peut se fier. De son pays il connaît tout, et surtout ce qui est beau, grand et catholique. Il a étudié le folklore liégeois en historien ; il a mis à la scène, dans ses drames historiques ou ses comédies de mœurs modernes, tout ce qu'il y a d'original dans le caractère pétulant et généreux, mobile et communicatif, de ses concitoyens. Il a enfin l'incomparable mérite d'allier dans ses livres, déjà nombreux, comme dans ses articles innombrables de journaliste, le souci d'une forme littéraire toujours classique à l'amour des grandes et immortelles causes de la religion et de la morale chrétiennes.

Il faut nous borner. A coup sûr, bien des provinces ou des portions intéressantes du territoire belge nous auraient encore échappé. On pourrait, par exemple, visiter l'Ardenne en compagnie de M. Edmond Picard, ou pousser jusqu'au Luxembourg et prendre une idée des *Hautes-Fagnes* avec M. Bonjean... Mais il ne s'agit pas ici d'un catalogue où rien ne manque. Une énumération sommaire, comme celle qui précède, outre qu'elle est toujours un peu superficielle, reste surtout fatalement incomplète. Telle qu'elle est, celle-ci suffit pourtant à montrer qu'il y a en Belgique, à l'heure actuelle, toute une pléiade de romanciers ou nouvellistes bien nationaux, puisqu'ils empruntent à la Belgique elle-même, c'est-à-dire à la description de ses paysages et à l'étude de ses mœurs, le cadre et le fond même de leur sujet.

Il est à regretter que le théâtre ait trop rarement suivi la même voie. Ce ne sont pas, en effet, les sujets qui lui manquent. Si le dramaturge belge veut, comme l'historien, remonter vers le passé, combien d'événements tragiques, lamentables ou grandioses, voit-il se dérouler dans ces plaines qui furent, des siècles durant, le champ de bataille de l'Europe ! Or, dans ce trésor de vieille gloire, qui donc a vraiment puisé? Louis Labarre l'essaya jadis en des drames où le talent n'égalait certes pas la bonne volonté, et où l'enthousiasme était trop factice. M. Émile Verhaeren en eut aussi quelques velléités. Mais une œuvre comme son *Philippe II*, outre qu'elle n'intéresse les Belges que fort indirectement, n'est pas de nature à créer tout un courant littéraire. Le grand drame en vers que vient d'écrire Mlle Gabrielle Remy sur *l'Éducation de Charles-Quint* est l'ouvrage d'un historien érudit et élégant, beaucoup plus que d'un poète dramatique. Enfin, M. Jules Sauvenière, avec son *Sanglier des Ardennes,* a essuyé un échec qui n'est pas tout à fait immérité.

Mais sans remonter vers ce qui n'est plus, quelles luttes dramatiquement poignantes se livrent actuellement entre les idées, les sentiments et les aspirations qui travaillent la nation belge ! Le christianisme moderne et pratique, le libéralisme sectaire et bourgeois, le socialisme âpre et violent, se disputent la prédominance et, grâces à Dieu, depuis plus de vingt ans, c'est la cause du Bien qui l'emporte. Ce peuple jeune et fort, qui monte à pas de géant au rang des adultes,

qui civilise une partie de l'humanité et donne l'exemple à
l'autre, qui draine sur son sol, couvert d'une population dense
et active, une large part des richesses du monde ; qui affirme,
au milieu des nations lassées ou haineuses, la vitalité de sa
foi et la fécondité du catholicisme comme puissance moralisatrice et sociale, ne serait-il pas le magnifique héros d'un
grand drame encore à faire ? N'est-il pas le personnage glo-
rieusement vainqueur d'un *Duel* entre l'idée chrétienne, toujours vivace, et le vieil esprit sceptique ; entre l'antique
superstition des castes, si chère à l'orgueil humain, et les
principes de charité large, de justice sociale, d'intelligente
solidarité, qui naissent, fruit automnal aujourd'hui mieux
goûté que jamais, de l'immortel Évangile ?

Ce grand drame qu'ils jouent dans la vie quotidienne et à
la face du monde, les Belges, jusqu'ici du moins, ne l'ont
guère mis à la scène.

D'aucuns feront sans doute un mérite de plus à M. Maurice Maeterlinck, qui en a beaucoup d'autres, d'avoir écrit
des pièces d'un intérêt universel et rappelleront à son sujet
que le génie n'a pas de patrie. Il semble pourtant que, même
dans l'étude des questions psychologiques et philosophiques
les plus générales, on pourrait trouver, quand on aime véri-
tablement son pays et qu'on n'en a pas honte, le moyen de
donner à ses personnages une physionomie plus locale et
partant moins abstraite.

Elle n'en serait que plus intéressante. Malheureusement
cela ne changerait pas, quant au fond, la psychologie d'im-
pulsif, plutôt simpliste, qu'a M. Maeterlinck, sa morale d'im-
pressionniste, et son fatalisme décourageant. Mais, sans rien
perdre de sa puissance étrangement tragique, il gagnerait
probablement en netteté et ferait une œuvre plus accessible
au grand public des théâtres belges.

Deux écrivains, aux conceptions beaucoup moins shakes-
peariennes, ont sur lui cet avantage.

Devant les pièces de M. Gustave van Zype, on éprouve une
impression extraordinaire de *vécu* ; avec une netteté intense
d'observation et une vigueur d'expression saisissante, il met
à nu les préoccupations angoissantes qui troublent, en les
menaçant dans leur existence même, la famille et la société
modernes.

Moins vigoureux peut-être, mais plus souple et affiné, est le talent de M. Edmond Picard. Si jamais les Belges arrivent à posséder un théâtre vraiment national, on pourra en attribuer la gloire, pour une très large part, à l'influence du sénateur socialiste. Dans *Jéricho*, dans *le Téméraire*, dans *la Désespérance de Faust*, et jusque dans *Ambidextre journaliste*, M. Edmond Picard s'inspire en effet des antagonismes de races, des luttes sociales, des problèmes psychologiques de l'heure présente. On peut regretter que ses drames soient parfois le développement à peine dialogué d'une thèse, toujours du moins nette et sincère. On doit s'attrister surtout de voir, au fond de ces pièces qu'on voudrait admirer, des doctrines plus aptes à envenimer qu'à guérir les plaies qu'elles sondent. On ne peut contester du moins à leur auteur ce mérite rare d'être, dans ses œuvres de théâtre comme dans toutes les autres, une des voix de son temps et de son pays. Au reste, il s'est expliqué clairement sur ce point et, avec l'autorité que ses conseils trouvent toujours auprès de la jeune littérature bruxelloise, a nettement tracé la voie aux dramaturges belges de l'avenir.

« Nos dramaturges, dit-il, comme maintenant nos romanciers, ont à tâcher d'être de chez eux, et de situer leurs œuvres dans notre milieu, dans nos psychologies, dans nos procédés scéniques, en accord avec nos façons d'être, de penser, d'agir. »

N'est-ce pas dans ce but qu'on a déjà mis au théâtre quelques œuvres des grands romanciers, celles qui, à défaut de la grande patrie, exaltent au moins la province ou la cité? Les pièces les plus *localisées* du théâtre belge ne sont-elles pas encore *le Mort* et *Un Mâle* de M. Camille Lemonnier, ou ce *Mirage* de Rodenbach, qui ne fait qu'un avec *Bruges-la-Morte*?

Puissent donc les auteurs dramatiques imiter les romanciers, — du moins en ce qu'ils ont de bon! Un groupe de jeunes littérateurs s'est constitué récemment, qui se donne pour mission de promouvoir l'idée et de réaliser, si possible, la création d'un *Théâtre des auteurs belges*. L'idée assurément est excellente et l'ambition on ne peut plus louable; tous les amis de l'art et de la littérature belges y applaudiront. Plaise à Dieu seulement que l'enthousiasme trop facile de la jeunesse n'englobe pas indistinctement, sans souci de la religion ni de la morale, toutes les œuvres qui n'auraient de national qu'un réalisme prétendu flamand ou une sentimentalité prétendue wallonne, imitées en réalité l'une et l'autre des pires œuvres parisiennes!

Les poètes lyriques et descriptifs — ils sont légion en Belgique — peuvent revendiquer leur glorieuse part d'influence dans le développement de l'esprit national. Car eux aussi ont puisé à pleines mains dans les archives de la patrie, ils ont étudié son âme et sa vie, ils ont rêvé de ses destinées futures. Leur intuition a reconstitué son passé, plus vivant sinon toujours plus exact qu'il ne revit chez les historiens; leur vers a détaillé l'analyse du présent avec un luxe de réalisme qui ferait pâlir la prose des romanciers; leur regard prophétique, tourné *vers l'avenir*, y a lu les grandeurs de la Belgique plus clairement que n'aurait osé le faire l'œil audacieux pourtant des orateurs. Mais la place que tient la patrie dans l'œuvre des poètes belges, l'idée même qu'ils s'en font et l'inspiration d'aspect très divers que, suivant les temps et les circonstances, ils ont tirée tour à tour de cette source commune, ne peut être ici que brièvement suivie dans son évolution.

A l'aurore même du dix-neuvième siècle, avant que le nom de Belgique eût reçu, avec le baptême de sang de 1830, la consécration officielle des traités, il fut pompeusement célébré par des rimeurs académiques. Bien entendu, les poètes d'alors confondent dans un même dithyrambe non seulement les Gaulois et les Francs, les Flamands et les Wallons, mais aussi les Hollandais et les Belges :

> Que de nobles exploits rappelle à la mémoire
> Le nom fameux du Belge et son antique histoire !

s'écrie Philippe Lesbroussart. Et dans un poème épique bien oublié aujourd'hui, mais qui eut en ces temps-là l'honneur d'un couronnement officiel, il exalte, en remontant lui aussi aux Croisades, les glorieux fils de la Belgique. Puis il énu-

mère, en de pompeuses périphrases, tous les arts, les indus-
tries, les métiers par où s'illustrèrent les Pays-Bas.

Le comte de Reiffenberg et Charles Froment — pour nous
en tenir aux moins inconnus — furent tout aussi vastes
dans leurs enthousiames patriotiques et presque aussi guin-
dés dans leur lyrisme. Ce qu'ils chantaient surtout, c'était

> L'heureux temps où, tranquille au sein de ses remparts,
> La Belgique unissait l'abondance aux beaux-arts...

Mais c'étaient aussi les princes tutélaires, la dynastie des
Nassau, et bien loin de vouloir *briser l'Orange sur l'arbre
de la liberté*, ils faisaient sincèrement des vœux pour voir

> ..... s'étendre d'âge en âge
> Du royal oranger l'héréditaire ombrage !

C'étaient enfin — sujet toujours fécond et jamais démodé —
les artistes flamands, l'activité des vieilles cités industrielles, et la liberté des communes florissantes. Il faut
avouer que tout cela prêtait aux développements lyriques et
à des envolées pour lesquelles ces imitateurs de La Harpe
n'avaient malheureusement pas assez d'envergure.

Les événements historiques de 1830, qui agitèrent si profondément les esprits et les cœurs en Belgique, eurent un
contre-coup d'abord fâcheux dans l'âme impressionnable des
poètes. Il se créa soudain une sorte de poésie nationale,
presque aussi artificielle dans sa forme que la précédente, et
au fond beaucoup moins sincère.

L'union heureuse de la Batavie et de la Belgique, thème
si cher naguère, n'était plus de saison. La nouvelle Belgique, la vraie, la seule nation de ce nom, était née dans
une guerre. On se crut bon patriote en la berçant de refrains guerriers, dont l'air et souvent les paroles, n'étaient
qu'une importation française. L'auteur de la première *Brabançonne* — car la chanson nationale ne porte pas plus
qu'en France le nom propre de la nation — fut un comédien
et un Français. Il ne s'était pas mis en frais de sentiments :
dans ses couplets déclamatoires, l'amour de la patrie belge
se réduit à la haine des Nassau et de la Batavie tout entière.
Ces frères d'hier sont devenus les seuls adversaires d'au-

jourd'hui ; ces membres d'une même nation, ces fils d'une même patrie, sont les ennemis de la patrie :

> Fiers Brabançons, peuple de braves,
> Qu'on voit combattre sans fléchir.
> Du sceptre honteux des Bataves
> Tes balles sauront t'affranchir !

Sous l'impulsion de ces sentiments belliqueux, on se mit, quelques années encore, à célébrer en vers *le Drapeau vengeur de nos provinces* et la vaillance des conscrits, défenseurs armés de la patrie belge ! C'est alors que Louis Labarre, dans son drame de *Jenneval*, et Antoine Clesse, dans ses *Chansons nationales*, faisaient du petit Belge un grand pourfendeur de tyrans — toujours selon le modèle de 1830. Marsigny écrivait ses *Chants de la Patrie* et Louis Hymans consacrait tout un poème au roi Léopold Ier, qu'il mettait bravement en parallèle avec Charlemagne et Charles-Quint !

C'était un peu trop d'enthousiasme, assurément. Il fallait que le peuple belge eût les oreilles encore assourdies par le canon libérateur, pour ne pas sourire à l'outrance de ces fanfares militaires si peu dans son ton et dans son goût. Car, outre le patriotisme provincial dont nous parlions plus haut et qui empêchera toujours *la Brabançonne* d'être aussi populaire que l'est, par exemple, *la Tournaisienne* à Tournai, il est certain que le peuple n'est pas militariste en Belgique. Si l'on pouvait douter de ses sentiments actuels à cet égard, il en fournirait une preuve par l'agitation profonde que provoque dans sa masse la question des forts d'Anvers. « Nous donnerons des millions, disent bien des gens, pour faire d'Anvers le premier port du monde. C'est du commerce. Mais pour y mettre des soldats et des canons, pas un sou. Nous n'avons pas besoin de cela ! Depuis des siècles, quand on se bat chez nous, c'est d'ordinaire sur notre dos. Et ce qui fait notre prospérité depuis soixante-quinze ans, c'est la paix. »

Aussi presque tous les Belges ont chanté faux, qui entonnèrent les grands refrains du chauvinisme militaire. De tous ces poèmes écrits entre 1830 et 1880, de ces fougueux airs de bravoure à la française et de ces débordements lyriques

d'admiration pour une patrie qu'ils n'avaient pas encore
appris à connaître, que reste-t-il aujourd'hui ? Il reste quelques vers du *Béranger belge*, que l'on ne peut guère dire
sans une ironique gaieté :

> Pour agrandir quelques vastes États,
> Si contre nous on brûlait une amorce,
> Flamands, Wallons, nous serions tous soldats,
> Au cri sacré : L'union fait la force !
>   Qui de nous craindrait les canons ?
>   Dans les cieux la liberté brille !
>   Soyons unis : Flamands, Wallons,
>   Ce ne sont là que des prénoms :
>   Belge est notre nom de famille !..

Il reste encore le texte de la seconde *Brabançonne*, celle
de Charles Rogier. Mais, précisément, ce qui fit son succès et
ce qui l'a fait substituer partout aux diatribes fougueuses de
Jenneval, c'est que le ton en est beaucoup moins agressif.
Trente ans après l'événement qui avait fait soldats tous les
Belges, on a compris que la fureur versifiée du chant national ne répondait pas du tout, comme dit Rogier lui-même
« au sentiment public ». Aussi, dans ses strophes, n'est-il plus
question de vengeance et de combats, pas même des « der_
niers combats » que Louis Labarre souhaitait, peu d'années
auparavant, au « lion Belgique ». On y célèbre, il est vrai,
comme on le doit, l'indépendance nationale, mais sans inju-
rier les voisins et en répudiant même ouvertement toute intention d'hostilité :

> Belges, Bataves, plus de guerres :
> Les peuples libres sont amis !

On y célèbre aussi *le Roi*, mais comme un prince consti-
tutionnel qu'il est, fort éloigné de Charlemagne et de Charles-
Quint, en ayant soin de mettre auprès de lui *la Loi*, qui
seule fait sa force, et *la Liberté*, qui fait celle de ses sujets.

Il reste enfin, mais parce qu'elle a une réelle valeur en elle-
même et contient bien autre chose que des amplifications chau-
vines, l'œuvre poétique d'André van Hasselt. Flamand dans
l'âme et ayant écrit de très beaux vers flamands, André van
Hasselt n'en est pas moins un excellent poète français, que
la forme de ses œuvres peut faire placer en bon rang dans

notre école romantique. Ce qui fait de lui un poète vraiment belge, c'est la part, très large, qu'occupent dans son œuvre les souvenirs patriotiques. Le volume de ses *Poésies* s'ouvre en particulier par une *Ode à la Belgique*, où il rappelle, comme tant d'autres, les illustrations du passé, faisant défiler Godefroy de Bouillon et Charles Martel, Quentin Metzys et Rubens, Orlando Lasso et Grétry, bref tout ce qui a vécu de grands hommes, guerriers ou artistes, sur les bords de l'Escaut ou de la Meuse, depuis l'antiquité la plus reculée jusqu'à nos jours ! Ailleurs, dans la plus grandiose sinon la plus parfaite de ses œuvres (*les Quatre Incarnations du Christ*), il met en relief, dans le récit des Croisades, le rôle glorieux des ancêtres belges. Mais ce sont pas là certainement ses meilleurs titres de gloire ni ses conceptions les plus personnelles. Il est mieux inspiré dans les *Primevères* lorsque, sans renier la grande patrie, il commence à chanter la petite. Il prélude ainsi à ces *Poésies de clocher* dont Adolphe Mathieu a pris le titre pour un de ses volumes, mais dont l'idée heureuse a été exploitée aussi par beaucoup d'autres. C'est en un joli poème, d'un rythme élégant et souple, que van Hasselt chante la ville de Liége. Ailleurs, il consacre une de ses plus ravissantes ballades au dévouement héroïque des six cents guerriers de Franchimont. La voie qu'il frayait ainsi sera désormais celle où marcheront le plus volontiers les poètes belges, quand ils daigneront toutefois se souvenir de leur terre natale.

Parfois le décor fastueux des âges disparus les éblouira encore et reportera leurs regards en arrière. Les joyeux lansquenets ou les vieux reîtres au splendide orgueil se camperont devant nous, évoqués par M. Albert Giraud ; les moines féodaux avec leurs passions violentes encore mal domptées et leur fougueuse pénitence ou leur extatique mysticisme peupleront un cloître étrange, rêvé par M. Verhaeren ; les béguines voilées de blanc passeront, comme un grand vol d'oiseaux vers un beffroi gothique, dans les songes un peu brumeux de Rodenbach. Mais tout ce passé,

> ... ce cher enseveli qu'on pleure,
> Que nous aimons surtout maintenant qu'il est mort,

ce ne sera plus d'ordinaire le passé héroïque lointain et im-
personnel; ce sera celui que vécurent, tout près de nous, le
grand-père ou le père, la mère et les aînés. Le *sol natal* sera
celui de la ville ou du village.

Personne n'a traduit cet amour du clocher en termes plus
touchants que Rodenbach. Il n'a pas d'odes enflammées sur
la Belgique, même dans les poèmes qu'il écrivit sous ce titre.
Sa muse, qu'il a d'ailleurs calomniée en l'appelant *mignonne*
et *phtisique*, fut pourtant bien sincèrement éprise de sa patrie, et sait mieux qu'aucune autre nous la faire aimer. Dès
la première de ses œuvres, il chante *le Foyer et les champs*.
Un peu plus tard, dans le tourbillon de la vie parisienne, il
se souvenait du pays flamand, et de la mer du Nord, « sœur
jumelle du pays de Flandre »; il consacrait tout un volume à
chanter

> ... ses dunes blondes,
> Ses mouettes, formant sur les vagues profondes
> Un archipel de blancs ilots ;

et aussi les promeneurs mondains et les élégantes baigneuses
d'Ostende. Ainsi, même dans ses mièvreries, revenait-il au
pays. Mais combien plus ému est l'accent de terroir dans le
livre touchant de la *Jeunesse blanche!* Celui-là, on ne peut
pas le lire sans aimer la Belgique, sans aimer surtout la
« ville aux pignons noirs », et ses vieux quais, et son bégui-
nage,

> Et le jardin en fleurs et la vigne en tonnelle.

où l'enfance du poète s'écoula.

Tout le monde, à vrai dire, comprend, bien que sans pouvoir l'exprimer comme Rodenbach, la poésie pénétrante des
vieilles villes flamandes. Ypres, Gand, Bruges, sont des
beautés endormies que le plus blasé des regards ne peut con-
templer sans une respectueuse et sainte émotion. Mais combien peu de gens trouveraient de la poésie dans le Borinage
ou le Pays noir? C'est pourtant là qu'est parvenu le talent très
personnel de M. Jules Sottiaux, qui trouve le filon de ses
poèmes dans le bassin houiller de Charleroi! Pour voir la mine
et les mineurs, il ne s'est pas contenté d'étudier l'œuvre puissante de Constantin Meunier, à laquelle il doit déjà de fort

belles pièces. Mais il est descendu lui-même dans la mine ;
il a vu et respiré cette atmosphère épaisse et ténébreuse, où

> ... il neigeait du noir, on ne sait de quels cieux.

Toutes ces choses, vulgaires pour tant d'autres, lui ont
parlé comme elles ne parlent qu'aux vrais poètes : et le feu
des forges rougeoyant dans la nuit, et les horizons mornes
que barre la grisaille des terrils, et jusqu'à ce pauvre *cheval
des fosses* qui, dans la poussière aveuglante et desséchante du charbon, rêve aux vertes prairies et aux sources
fraîches de son enfance ! Par-dessus tout, l'homme qui peine
dans cet abîme pour le bien de l'humanité, a parlé à son
âme de chrétien. Il se penche avec un amour fraternel vers
ces êtres de nuit et de travail, pour leur faire aimer la seule
lumière qui brille encore dans leurs ténèbres, celle de
l'espérance et de la foi ; peu de pièces de vers sont aussi
franchement modernes et chrétiennes tout ensemble, aussi
belges par conséquent, que sa *Prière au bord d'une
houillère* :

> Toi qui fus ulcéré d'opprobre et d'infamies,
> Seigneur, préserve-les toujours
> Du grisou qui les guette au fond des latomies
> Où la nuit endeuille leurs jours...

D'un genre tout autre, assurément, sont les *Croquis ardennais* de M. Adolphe Hardy. Ils sont pourtant, eux aussi, tout
imprégnés de couleur locale. Et ce poète qui à vingt ans
était déjà célèbre a, comme M. Sottiaux, le mérite d'avoir
franchement proclamé dans son œuvre son fidèle attachement
à la vieille foi catholique.

Que ne pouvons-nous en dire autant de M. Émile Verhaeren ! Celui-ci chante pourtant bien aussi la patrie belge,
mais à sa manière ; il dit bien ce qu'il a vu et ce qu'il voit,
mais il a une prédisposition funeste à voir l'énorme et
le laid. Ses principes d'esthétique sont très discutables ;
son procédé rythmique l'est aussi. Quant à sa philosophie et
à sa morale, elles sont absolument exécrables. Malgré tout
cela, il faut au moins lui savoir gré d'avoir pris généralement
ses sujets tout près de lui, d'avoir demandé à la Belgique
moderne, aux spectacles que ses yeux étrangement péné-

trants contemplent chaque jour, les plus puissantes de ses puissantes inspirations. Bien avant que la poésie provinciale fût à la mode en France, il avait écrit *les Flamandes*, la première, je crois, de ses œuvres, et l'une des plus caractéristiques. Ces tableaux vigoureusement réalistes sont trop souvent et injustement poussés aux tons violents, mais ce sont des tableaux de choses vues, et M. Verhaeren n'a guère cessé d'en faire de ce genre. Il suffit de lire le titre même de ses dernières œuvres, où son imagination fantastique et son amour des monstruosités se donnent libre carrière : *les Villages illusoires, les Villes tentaculaires, les Campagnes hallucinées*, pour comprendre quelle angoissante actualité, quel intérêt âcrement national ont ces poèmes, dans un pays où les maisons se touchent et où les champs de betteraves disputent vainement le terrain à l'envahissement formidable des mines et des fabriques.

Quel dommage donc, que la volonté constante d'exagérer, de déformer vers l'horrible tout ce qu'il voit, et aussi le pessimisme violent et l'abandon des vieilles croyances flamandes, où il fut pourtant élevé, empêchent M. Verhaeren d'être, à l'heure actuelle, le poète national de la Belgique. Il avait tant de qualités pour cela, le poète aux forces tumultueuses ! Quel autre mieux que lui pourrait exprimer la poussée véhémente du peuple belge montant à l'assaut de tous les progrès ?...

Il y a cinquante ans déjà que, dans une langue presque démodée, Adolphe Mathieu, reprenant la fameuse et classique énumération des vieilles gloires d'antan, souhaitait à la jeune Belgique de ne pas être inférieure à l'ancienne :

> Debout, Ambiorix, Charlemagne, debout !
> Debout, vous qu'applaudit une foule idolâtre ;
> Van der Meulen, debout ! Debout, Roland de Lattre :
> Grétry, que pleure encor le sol des Éburons !
> Vous, de notre guirlande ô les plus beaux fleurons !
> Van Dyck, Jordaens, Rubens, trinité du génie,
> Rois du pinceau savant et rois de l'harmonie !
> Vous qu'ont éternisés des travaux immortels
> Et pour qui le présent n'a pas assez d'autels :
> De l'Escluse, Spiegel, Vésale, Dodonée...
> ... Et nous, que de là-haut leur pléiade contemple,
> Formés par leurs leçons, instruits par leur exemple,
> De ces morts couronnés glorieux héritiers,
> Au champ fécond des arts retrouvons leurs sentiers !

> Qu'un noble entraînement de l'avenir s'empare
> Et que l'Europe un jour avec orgueil compare,
> A travers les splendeurs dont leur nimbe a relui,
> Les Belges d'autrefois aux Belges d'aujourd'hui !

Le souhait est en voie de se réaliser, si tant est qu'il ne soit déjà accompli ; le sentiment national d'une grande destinée à remplir, vague et hésitant encore aux débuts, est allé toujours s'affermissant en Belgique. Il est très net dès la seconde *Brabançonne* :

> Marche de ton pas énergique
> Marche de progrès en progrès :
> Dieu qui protège la Belgique
> Sourit à tes mâles succès !

Comprenant tout le prix de sa jeunesse renouvelée, le pays n'a garde de s'hypnotiser dans la contemplation des grands ancêtres. Il tourne résolument les yeux vers les horizons splendides de l'avenir. Et cette fière confiance, légitimée par tant de progrès déjà réalisés dans l'ordre économique et social, est sans doute, à l'heure actuelle, ce qui constitue, avec la juste conscience de leur prospérité présente, le vrai et profond patriotisme des Belges ; c'est leur sentiment national le plus caractéristique et le plus unanime.

Dans les fêtes inoubliables qui viennent de saluer le soixante-quinzième anniversaire de l'indépendance, un hymne a été répété par des milliers de voix : clamé, dans les cérémonies officielles, par des centaines d'exécutants, chanté aux distributions de prix dans les athénées comme dans les collèges épiscopaux, fredonné ensuite sur les trottoirs et dans les omnibus, dans les salons et les ateliers, par les très vieux et par les tout petits. Et l'idée principale, la seule, pourrait-on dire, qui fait le fond de cette cantate patriotique, est celle qui revient comme un refrain, légèrement modifié, après chacun des trois couplets :

> Marche joyeux, peuple énergique,
> Vers des destins dignes de toi !
> Dieu protège la libre Belgique
> Et son Roi !...

Une très ample et majestueusement progressante musique,

du maître Gevaert, faisait entrer la strophe et l'idée plus profondément encore dans l'oreille et le cœur du peuple. Ces
vers étaient signés Antheunis ; en réalité, ils pourraient porter devant l'histoire la signature du peuple belge tout
entier.

C'est presque une tautologie après cela, de dire que dans
l'œuvre des orateurs et des publicistes belges on trouvera,
plus que partout ailleurs, l'écho des luttes actuelles et la
représentation, en un raccourci parfois saisissant, du grand
drame qui se joue dans leur patrie.

Dès les débuts du régime, la Belgique eut, parmi ses avo-
cats et ses journalistes, ses prédicateurs et ses conférenciers,
des hommes qui, se mêlant journellement à la vie nationale,
cherchaient à en amplifier l'essor, quitte à vouloir le diriger
chacun selon ses convictions ou ses illusions. C'est le caractère de presque tous les orateurs belges, Frère-Orban et
Bara, aussi bien MM. Woeste, Jacobs et Beernaert, de ne pas
se noyer, ordinairement du moins, dans la vaine phraséolo-
gie chère aux rhétoriqueurs, de ne pas se bercer à la musique
des rengaines patriotiques, ornements toujours nouveaux de
nos distributions de prix et de nos cérémonies officielles.
Leur éloquence précise et pratique voit la grandeur de la
patrie dans l'utilité des citoyens, dans l'amélioration du sort
de tous, plutôt que dans les vagues splendeurs de la nation
collective. Mais ce patriotisme tout pratique, ils ne cessent
d'en faire retentir le cri dans leurs discours : développer
l'industrie et le commerce de la Belgique, faire de l'ouvrier
belge l'ouvrier le plus libre et en même temps le plus aidé
par les lois, voilà leur but. Voilà comment ils aiment le pays
et le temps où ils vivent.

Les conférences familières du P. van Tricht, qui eurent
tant de succès naguère et qui sont déjà traduites dans presque toutes les langues de l'Europe serviront certainement à
faire aimer partout la Belgique, ses habitants et ses institu-
tions. Avec quel amour il décrit par exemple les paysages de
la Meuse ou la vallée de la Sambre ! Avec quelle fierté il
exalte la liberté, et les conquêtes du dix-neuvième siècle, et
la colonisation du Congo par ses compatriotes ! Mais il sait

aussi trouver la note délicate et tendrement émue, comme
lorsqu'il disait, à propos des émigrants belges :

« Patrie ! N'est-ce pas le premier mot qui vient à la pensée
devant ces pauvres émigrants ? Ils la quittent ! Ils s'exilent !...
La patrie, c'est la terre natale ; c'est la vieille église, avec ses
grandes ogives où venaient nicher les hirondelles ; c'est le
préau vert qui l'entourait et où l'on ne pouvait point courir,
car les morts du temps passé dormaient sous l'herbe ; c'est le
fleuve, c'est la rivière où passaient les bateaux aux grandes
voiles grises, où, rieuses et jaseuses, bras et jambes nues,
les lavandières venaient rincer leur linge. C'est la maison,
c'est le foyer où sommeillait la grand'mère souriante, c'est
chacun de ces murs, chacune de ces mottes de terre, où nos
pas ont mis notre empreinte, où comme par lambeaux notre
vie s'est attachée, où nous retrouvons, toute chaude et toute
vivante, notre âme de jeune homme et d'enfant ! »

D'être rapproché du P. van Tricht, M. Edmond Picard sera
peut-être fort étonné. Avec le jésuite aux convictions ardentes
et à l'inébranlable foi, cet habile avocat du socialisme n'a
que fort peu d'idées communes. Il lui ressemble pourtant en
ce point, qu'il aime lui aussi la patrie belge. Un chapitre tout
entier de son livre : « Comment on devient socialiste » est
même consacré à justifier les socialistes « eux que les sots
appellent des sans-patrie ». Les nuances qui se sont intro-
duites dans le détail des mœurs et de la législation, suivant
les lieux, les climats, les habitudes ancestrales, l'atavisme
historique, voilà ce qui constitue selon lui « la base légitime
de l'amour du sol natal. Point d'être qui puisse s'y soustraire ;
c'est touchant et c'est sacré. L'ouvrier, plus près de l'instinct,
en subit l'action avec plus d'intensité. Il tient à son pays par
toutes ces petites choses... Ouvriers belges, nous voulons faire
nos affaires nous-mêmes, dans notre pays, par les gens du
pays, en accord avec l'âme du pays, suivant des lois germées
dans le pays. »

Seulement, l'esprit brillant et universel de M. Edmond
Picard s'aveugle lorsqu'il veut voir uniquement dans « le
caractère tenace, patient et calme de ses populations » la
raison d'être de la Belgique actuelle, la cause de sa *perma-
nence indestructible*. Ceux-là, nous l'avons vu, comprennent

mieux les choses, qui mettent le plus solide principe de
l'unité nationale dans la foi catholique du peuple belge, tout
ensemble traditionnelle et progressive, et s'épanouissant
superbement dans le catholicisme social. Ainsi jugeait
l'orateur qui disait un jour, avec un légitime orgueil :

« La Belgique offre au monde le rare spectacle d'une nation inférieure à beaucoup d'autres par le nombre de ses
habitants et par l'exiguïté de son territoire, mais fière de
vivre sous un gouvernement catholique et conservateur, qui
poursuit le pacifique triomphe de la justice et a inscrit la
réalisation législative de la charité chrétienne en tête de son
programme politique et social. »

Celui qui parlait ainsi est le comte Guillaume Verspeyen ;
et nul homme peut-être n'a plus vaillamment que celui-là
travaillé *par la parole et par la plume* à exalter chez les
Belges le sentiment national, en défendant les principes
d'ordre, de liberté, de progrès et de fraternité véritable qui
naissent de l'idée chrétienne. Tour à tour familier et solennel,
Verspeyen atteint l'éloquence en semblant la fuir. Il revêt
d'une forme toujours lumineuse et souvent pittoresque des
pensées qui sont bien à lui et qu'inspire, avec l'amour des
traditions saintes, celui de la patrie moderne. De cette der-
nière, de la Belgique du vingtième siècle, voici comment il
parle à ses auditeurs :

« C'est la patrie en fleur, avec sa sève montante, avec ses
généreuses aspirations, avec sa soif d'épanouissement, mais
aussi avec les préoccupations qu'elle inspire et avec les périls
qui la menacent.

« Aimez-la ; elle est digne de votre amour ; gardez-lui la
vieille foi de ses ancêtres, son héréditaire renom de probité
et d'honneur, sa fière et chaste liberté !

« Oui, soyez ses chevaliers, heureux de porter ses couleurs,
de défendre ses droits et d'obliger ceux qui la convoitent et
l'envient à lui rendre ce significatif hommage : elle est petite,
mais elle est belle comme Dieu l'a faite ; vaillante et bonne,
riche et honnête, affectueuse et hospitalière, mais, envers et
contre tous, fidèle comme aux anciens jours à son Dieu et à
son roi. Salut à qui l'honore ! Malheur à qui la touche !

« Ce sol belge, cher et sacré, arrosé par la sueur de nos

apôtres et par le sang de nos martyrs, fécondé par le travail de nos pères, nous l'avons, jeunes gens, labouré et amélioré aussi, pour notre part, avant votre avènement à l'âge viril et votre initiation aux combats de la vie publique. Dieu merci, nous avons fait une patrie franche et libre ! »

Il est donc vrai que les littérateurs belges sont de leur temps et de leur pays ; qu'ils demandent à celui-ci, pour tous les genres d'œuvres littéraires, une part de leurs inspirations les plus heureuses. Ils ont tous, à ce titre, et quels que soient par ailleurs leurs défauts, bien mérité de la patrie belge. Il convient, en constatant le fait, d'en féliciter les auteurs. Il faut donc aussi tout spécialement rendre hommage à cette petite armée de vaillants critiques, gardiens avertis et sagaces, qui, en encourageant largement l'effort des bonnes volontés, en les dirigeant vers le culte des gloires nationales, des souvenirs locaux, des paysages familiers, des mœurs provinciales, en rappelant enfin aux auteurs belges qu'ils avaient une patrie bien à eux, ont fait aussi comprendre à la patrie belge qu'elle avait ses littérateurs.

A leur tête, et avec une supériorité que personne ne lui conteste, marche M. Eugène Gilbert. MM. Willmotte, Devallée, Firmin van den Bosch, Édouard Ned, F. Carez, Solvay et vingt autres le suivent qui, divisés entre eux sur les questions politiques ou religieuses, s'entendent du moins pour développer la jeune et florissante littérature nationale. A côté des revues déjà anciennes, comme la *Revue générale* et la *Revue de Belgique*, il y en a qui ont conquis en quelques années leurs positions, comme *Durendal* et *l'Art moderne* ; il y en a qui tous les jours se font la leur comme *le Thyrse, le Samedi, l'Essor littéraire*. Assurément, tout n'est pas à louer, hélas ! il s'en faut de beaucoup, dans quelques-unes de ces revues et surtout chez quelques-uns de leurs rédacteurs. Mais ils ont tous cette volonté ferme de bien écrire en restant belges, et c'est de quoi il faut sincèrement les féliciter.

Nous avons essayé de montrer, sommairement et non sans bien des lacunes, des ignorances et des oublis, ce que les écrivains belges peuvent trouver d'heureuses richesses en exploitant le vieux fonds national de leur histoire et de leurs

traditions, ce qu'ils peuvent consacrer de genres littéraires
divers à la peinture de leurs paysages provinciaux et de leurs
mœurs locales. Nous chercherons dans l'article suivant à
mettre en lumière les caractères communs qui constituent
le style propre des écrivains belges.

Mais, dès maintenant, il est permis de formuler un souhait :
c'est que la littérature belge, au lieu de *fransquillonner*
comme elle l'a fait trop longtemps, devienne de plus en plus
belge ; qu'elle « retourne à sa race », comme Joseph Kacke-
broeck ; qu'elle s'inspire des idées et des sentiments de ce
peuple jeune et fort, tenace et actif, pratique et puissant,
exubérant et sentimental ; qu'elle se fasse de plus en plus
l'interprète de ses souvenirs et de ses survivances, de ses
fiertés et de ses aspirations ; qu'elle réalise le vœu formulé,
il y a longtemps déjà, par M. Georges Eekhoud, lorsqu'il
disait à ses compatriotes anversois, dans une période un
peu laborieuse peut-être, mais singulièrement expressive :

« Je veux, abstrayant mon esprit, m'imprégner de votre
essence, m'oindre de vos truculents dehors, m'abasourdir
sous les tonnes blondes des kermesses ou m'exalter à votre
suite dans les nuages d'encens de vos processions, m'asseoir
dolent à vos âtres enflammés ou m'isoler dans les sablons
navrants à l'heure où râlent les rainettes et où le berger
incendiaire et damné paît ses ouailles de feu à travers la
bruyère... »

LES CARACTÈRES NATIONAUX

Plus et mieux que les sujets qu'elle traite, ce qui caractérise une littérature, c'est la manière qu'elle a de les traiter. Comme il y a chez tout grand écrivain un style qui, suivant le mot connu, est l'homme lui-même, il y a, pour l'ensemble des écrivains d'une nation, une sorte de style qui est la nation même, c'est-à-dire l'expression de son âme collective, avec ses qualités et ses défauts. Un peuple a vraiment une littérature à lui, quand il peut y entendre, selon un joli mot de M. Camille Lemonnier, le battement de son cœur.

L'âme belge est comme la patrie belge : autonome et consciente d'elle-même depuis peu, elle était en formation depuis des siècles. Sans aller jusqu'à revendiquer pour elle, comme d'aucuns l'ont osé, une existence pleinement épanouie dès le douzième siècle, on doit reconnaître que depuis bien longtemps déjà le sol belge est un terrain d'alluvions où le flot germanique vient se mêler au flot latin. Après M. Henri Pirenne, M. Carton de Wiart a raison de dire que les deux civilisations ainsi mises en contact « se sont modifiées l'une par l'autre et ont fini par se confondre dans une civilisation réceptive et assimilatrice au point d'en acquérir une unité véritable ».

L'âme belge n'est ni tout à fait l'âme flamande, ni purement l'âme wallonne ; elle est mêlée de l'une et de l'autre. Deux nations bien distinctes, la rude et puissante Flandre, l'alerte et sentimentale Wallonie, sœurs et voisines, parfois ennemies, mais rapprochées depuis des siècles par la communauté de religion bien plus encore que par les intérêts mercantiles ; unies, il y a soixante-quinze ans, dans la haine du protestantisme dominateur et liées désormais par la réci-

procité des services rendus dans une prospérité commune,
travaillent lentement mais sûrement à s'unir encore davantage et à fusionner sans s'amoindrir.

Elles ne sont pas seulement assises côte à côte, symboles
magnifiques, sur le trône triomphal qui les promène dans
Bruxelles, au milieu d'un cortège historique qui a coûté un
demi-million. C'est dans la vie réelle et quotidienne que les
deux races, les deux caractères, les deux âmes, se mêlent et
se compénètrent.

Et la fusion est telle, qu'il en résulte comme une race
nouvelle, ayant sa personnalité doublement attirante, parce
qu'elle réunit en elle les charmes des deux autres. C'est elle
que M. Edmond Picard dépeint, « procédant de l'âme germaine et de l'âme latine..., teintée de l'une et de l'autre
couleur, comme les bandes intermédiaires, harmonieuse-
ment dégradées, qui séparent les grands tons primitifs
violents de l'arc-en-ciel ». C'est elle, l'âme de la jeune
Belgique, que décrivait un soir M. Guillaume Verspeyen, en
la présentant à son auditoire comme une jeune fille à marier :

« Ma cliente (Léopoldine) est d'honnête famille, de bon
sang, d'un caractère franc et ouvert. Sans être une beauté
professionnelle ou sensationnelle, comme on dit aujourd'hui,
elle a cette physionomie sympathique, mi-germaine, mi-gau-
loise, qui symbolise l'heureuse alliance de la robustesse et
de la grâce, des richesses du cœur et des dons de l'esprit.
Elle apporte en dot une belle fortune héréditaire et... des
espérances ! »

Trop longtemps, l'espérance et l'ambition de Léopoldine
fut de s'habiller à la française. Tout littérateur de Bruxelles,
de Liége ou d'Anvers, dès qu'il savait assez de français pour
écrire, allait prendre le ton sur nos boulevards. Ce sera
l'éternelle excuse de la *Jeune-Belgique*, critiquable d'ailleurs
par tant d'autres endroits, d'avoir cherché à s'affranchir de
l'imitation française et d'avoir ainsi, non sans provoquer des
ruines et accumuler des superfétations, posé les fondements
de l'édifice, désormais superbe, de la littérature nationale
belge.

Max Waller et Georges Rodenbach furent deux enfants
terribles, étourdis parfois, inconséquents bien souvent, mais

pleins d'intuitions qui touchaient au sublime. MM. Lemonnier, Eekhoud, Maeterlinck, Verhaeren, Picard et leurs amis ont trop blessé la religion et la morale, de façons d'ailleurs diverses, pour qu'on puisse les innocenter. — Mais enfin ils ont eu ce mérite de savoir rester personnels, de tirer parti de leurs qualités et de celles de leur race, de développer leurs talents sans courir après celui des autres. Et dans la voie nouvelle qu'ils ont ainsi frayée à la littérature belge, il a beau y avoir de la boue en maints endroits et des rochers parfois gros comme des montagnes, il n'y a du moins pas d'ornières et rien n'empêche de les y suivre, en balayant quand il le faut ou en déblayant le terrain.

Leurs noms reviendront donc, en ce second article surtout, plus souvent que ceux d'auteurs moralement plus recommandables : pour mettre en saillie les qualités et les défauts de l'*école belge*, il fallait les chercher auprès des chefs mêmes de cette école. Or, incontestablement, c'est le groupe des littérateurs issus de la *Jeune-Belgique* qui a donné le ton et le mouvement à tous les écrivains belges contemporains.

Évidemment aussi il sera surtout question des romanciers et des poètes. Car c'est chez eux, comme chez des artistes de style, que les qualités ou les défauts de la forme sont le plus visibles ; chez eux que se remarque davantage l'empreinte personnelle et, par suite, celle du génie collectif de la race ou de la nation.

Une des gloires incontestées des Flamands, c'est d'être peintres. Ils ont le don de la vision intense et nette, l'art du coloris, le secret du détail pittoresque. Et toutes ces qualités de la race, on les retrouve chez les écrivains actuels de Belgique, qu'ils soient d'ailleurs flamands ou wallons de naissance.

On a dit que tout artiste belge était peintre. Les littérateurs le sont même souvent sans aucune métaphore. A l'exemple de Charles de Coster, on dit que M. Camille Lemonnier vit dans la société des peintres et ne dédaigne pas lui-même de tenir parfois un pinceau. Il est certain tout au moins que cet écrivain aux talents multiples est un vrai

connaisseur en peinture et un critique d'art fort compétent.
Il a publié une étude restée célèbre sur l'œuvre de Courbet
et aussi une *Histoire des arts en Belgique*. Dernièrement
encore il écrivait un intéressant petit volume sur Henri de
Braekeleer, *le peintre de la lumière*, — dont il est fait pour
comprendre le talent. M. Georges Eekhoud, non moins
amateur d'art, vient de traduire du néerlandais une belle
étude sur Jacob Jordaens. Presque tous les critiques littéraires de Belgique sont en même temps des esthètes et des
critiques d'art; les revues littéraires s'intitulent en même
temps artistiques.

Ce talent, ou pour mieux dire ce tempérament national
de peintres, se manifeste chez les écrivains par une merveilleuse puissance de vision. Victor Hugo fit jadis un livre
qu'il intitula *Choses vues*. Ce titre général pourrait convenir
à toute la littérature belge. C'est un musée de tableaux. Tous
ceux qui exposent là leurs œuvres ont vraiment des *yeux qui
ont vu*, comme dirait M. Lemonnier, et ce que voient leurs
yeux, leur pinceau sait le rendre avec une singulière préci-
sion. C'est dire qu'ils seront tout d'abord experts dans la
description.

La description des paysages est peut-être la plus facile de
toutes. Il n'y a pas de littérature qui ne possède quelque
chef-d'œuvre en ce genre. Quant à la littérature belge, elle
en fourmille. Déjà, dans la première partie de ce travail, on
a pu en voir quelques spécimens. Pas un coin de la terre
natale qui n'ait été amoureusement décrit par ses enfants.

Tous ont ressenti, comme s'exprime fort bien M. Carton de
Wiart, « la séduction de cette terre féconde et variée, telle
encore aujourd'hui que nous la retrouvons dans les fonds d'un
Memling ou d'un Patenier, de ce pays paternel, tour à tour
souriant et grave, qui monte, graduant ses beautés, des
plages murmurantes de la mer du Nord aux campagnes des
Flandres, aux mamelons verdoyants du Brabant, aux vallées
rocheuses et aux plateaux d'Ardenne ».

Tous ont, un jour ou l'autre, essayé de décrire ou, comme
dirait M. Edmond Picard, de *délinéer* « cette Belgique, s'in-
clinant vers la mer en une déclivité douce de soixante-dix
lieues, commençant à l'Ardenne, dont les cimes se dressent

à sept cents mètres, pour s'achever au niveau de la mer, dans l'ourlet d'or pâle des dunes côtières, se déroulant en un large tapis de paysages paisibles, au milieu desquels s'ouvre l'estuaire hospitalier d'un grand fleuve accueillant ».

Aucun, je l'ai déjà dit, n'y a si bien réussi que M. Camille Lemonnier, dans son magnifique ouvrage sur *la Belgique*. C'est une fresque immense et splendidement lumineuse, où se retrouvent tous les aspects physiques et moraux de la patrie belge.

Bien des pages étincelantes ou délicates ont été extraites de cet immortel album et reproduites déjà un peu partout. Qu'il nous soit permis cependant d'en citer ici quelques lignes. C'est le panorama de Bruges, vu du haut du beffroi :

« Aussi loin que va le regard, il ne rencontre que pignons, tourelles, aiguilles, dais, clochetons, émergeant de l'imbri- quement des tuiles rouges et des ardoises grises dans une pâleur lumineuse où s'électrisent des frissons de soleil. De nouveau s'atteste le prestige de cette lumière des Flandres, lavant d'une moiteur irisée les horizons, baignant les arêtes dans les ors et les moires, éteignant le lustre de la pierre sous une agonie de chaleur, pleurant aux heures matinales en rosées d'arc-en-ciel sous lesquelles se dissout, s'ennuage et se fond la réalité solide, comme aux mirages d'un songe. Ici on est comme au laboratoire même de ces merveilleuses alchimies : on assiste à la formation des vapeurs, ouvrières infatigables des illusions; on les voit s'abattre sur les mai- sons, crever aux angles des rues, panteler aux chevets des églises, se déchirer aux aiguilles des tours, en laissant aller de leurs flancs une ondée scintillante et vermeille. Et dans cette incomparable atmosphère, dans ce paradis de clartés humides, aux prismes moelleusement brouillés et que les frottis légers du pastel pourraient seuls exprimer, sommeille, au murmure de ses canaux, la grande amazone glorieuse du passé, devenue la bonne vieille décrépite et chagrine du présent. »

Chose étrange et merveilleuse! Dans la description des paysages qu'ils ont toujours sous les yeux, il était naturel que les Belges missent toutes leurs qualités de peintres. Mais ils n'ont pas moins de talent pour peindre les rutilantes visions de l'Orient. Habitués aux ciels gris et bas, ils sont fascinés par les resplendissants soleils des tropiques. Et leur riche palette sait encore trouver des tons pour exprimer ces visions éclatantes, sans rien diminuer de leur splendeur !

Tout le monde comprend qu'un Belge puisse dépeindre le ciel de Liége, encore que tout le monde ne fût pas apte à décrire aussi bien que M. Lemonnier ce « gris nuancé, transparent, infusé de lumière, dans des atmosphères fondues qui ne découpent pas les objets, et les baignent au contraire de moelleuses ambiances ».

Mais c'est un Belge aussi, c'est M. Edmond Picard, qui dépeint avec des couleurs si rutilantes les panoramas de Congolie :

« Dès l'aube, j'ouvre la fenestrelle de ma cabane... Cette fois, la représentation est digne de l'Afrique grave et inclémente. De larges bandes de jaune pâle et de rouge assombri font au soleil surgissant un paysage céleste hiératique, opprimant de sa splendeur les montagnes, dont le panorama forme hémicycle devant la colline nue et en cône, au sommet de laquelle est planté notre infime refuge... A l'extrémité flexible des longues feuilles empennées, pendent des nids globuleux, fruits artificiels, que les oiselets ingénieux tressent et accrochent à des rameaux si frêles, que les lourds oiseaux de proie, ne pouvant s'y poser, ne les pillent pas... Des papillons, orchidées volantes, des papillons dont les ailes sont des palettes de peintres joailliers, palpitent nonchalamment leur floraison mouvante parmi la floraison végétale. »

C'est même un des amours des littérateurs belges, comme des anciens peintres flamands, que celui de la lumière intense. Dans les tableaux des vieux maîtres, au musée de Bruxelles, ce trait-là frappe les yeux les moins avertis. Et dans la vie pratique, chacun peut le remarquer, les Belges sont avides de lumière. Condamnés, par l'humidité de leur climat et la longueur de leurs hivers embrumés, à vivre dans l'intérieur de leurs demeures, ils semblent se dédommager en bâtissant de vastes appartements percés de larges fenêtres. Pour qui vient du midi, c'est un spectacle nouveau, que ces murs de briques, laids et plats, où s'ouvrent d'immenses

baies carrées, laissant à peine entre elles ce qu'il faut de
maçonnerie pour supporter le toit en pente et le pignon à
redents. Près du poêle où chauffe éternellement la bouilloire
émaillée du café traditionnel, l'imagination rêve de soleils
lointains et brillants.

De là sans doute chez tant de poètes cet amour des couleurs vives, des descriptions orientales, luxuriantes, parfois
surchargées de splendeurs opulentes. Il y a certainement
dans les *Ballades russes* de l'abbé Hoornaert, qui est gan-
tois, des vers dont les rutilances fauves, écarlates, dorées
tour à tour, eussent rendu jaloux Leconte de Lisle, qui était
créole !

Plus délicate et moins commune que la description des
paysages, déjà plus près aussi de la peinture des sentiments,
est le tableau de genre, la peinture des scènes animées.

Que de vifs ou touchants exemples nous en pourrions
glaner chez les auteurs belges ! Au peintre de tant de scènes
hideuses, M. Georges Eekhoud, empruntons, pour le relever
un peu, cette description d'une procession en Campine :

« Devant, marchaient les hommes, presque tous en blouse
et en casquette, s'appuyant sur leur rondin de cornouiller,
les grègues et les chaussures poudreuses. Puis venaient les
femmes, endimanchées, les matrones, les *bazinnen*, la tête
prise dans ces grands bonnets campinois, dont les ailes de
dentelle badinaient aux souffles intermittents de la brise cré-
pusculaire et sur lesquelles se cabrait un chapeau en forme
de cabriolet, garni de larges et longues brides de soie gros
grain et à ramages; les jeunes filles en cornette blanche
ornée de blondes, de guipures, de bouquets de fleurs, de
coques vertes ou bleues.

« De poupines figures de fillettes s'encadraient encore dans
ce casque de cuir foncé, coiffure délicieusement martiale, qui
prêtait aux roses blondines un air de walkyries enfants... »

Quel détail manque-t-il là, et n'est-ce pas que tout est
admirablement observé ? N'est-ce pas que chaque mot est un
coup de pinceau, chaque détail de la description, un véritable trait de lumière sur l'ensemble du tableau ? Et de cette
procession-là, dolente, mais pieuse, pourquoi ne pas rap-

procher celle des nègres africains, que M. Edmond Picard
nous dépeint si vivement :

« Incessamment nous rencontrons des porteurs, isolés ou
en file indienne, noirs, noirs, noirs, misérables ; pour tout
vêtement, ceinturés d'un pagne horriblement crasseux, tête
crépue et nue supportant la charge, caisse, ballot, pointe
d'ivoire, manne bourrée de caoutchouc, baril, — la plupart
chétifs, cédant sous le faix multiplié par la lassitude et l'in-
suffisance de la nourriture, faite d'une poignée de riz et d'in-
fect poisson sec, — pitoyables cariatides ambulantes, bêtes
de somme aux grêles jarrets de singes, les traits contractés,
les yeux fixes et ronds dans la préoccupation de l'équilibre
et l'hébétude de l'épuisement. »

Mais entre toutes les scènes de genre, il en est une que
les conteurs et les poètes belges aiment par-dessus tout, —
comme l'aimèrent les maîtres de la peinture flamande. C'est
la scène où l'on mange, celle où l'on boit, celle où l'on fait
ripaille. Avec leur familière franchise, les Belges avouent
assez volontiers, comme l'a fait un jour M. Carton de Wiart
dans la *Revue générale*, qu'il y a chez eux « un traditionnel
amour des goinfreries ». De vrai, on est tenté de s'en réjouir,
tellement cet amour, joint à leur talent d'expression, nous a
valu de succulents tableaux ! Au fond, tous les peuples n'ont-
ils pas du goût pour la bonne chère et n'est-ce pas un lieu
commun de toutes les littératures, voire de la Bible, que la
description des bons repas ? Mais nulle part ce thème n'a été
si heureusement, si plantureusement développé que dans
les Flandres.

Tout le monde se souvient des beuveries, des *souleries*
que Breughels, Teniers, Jordaens et tant d'autres ont rendues
immortelles. Eh bien, félicitons-nous : la tradition n'est pas
perdue ! Bien au contraire : les Belges l'ont fait passer de la
peinture matérielle dans la peinture figurée. Il n'y a presque
pas de romancier, de nouvelliste ou de poète qui n'ait décrit
maintes et maintes fois des dîners pantagruéliques, des
scènes de *nopces et festins* à rendre jaloux le moyen âge.
Aussi, pour le dire en passant, quand on lit certaines de ces
descriptions, on se prend à songer que les Belges ont man-

qué leur heure et qu'un des leurs aurait dû écrire le *Gargantua*! — Serait-ce pour l'avoir compris, que de Coster a repris pour son compte la langue de Rabelais? Il a dû sentir qu'entre le curé de Meudon et lui ou pour mieux dire toute sa race, dont il voulait incarner les traditions, il y avait une affinité secrète !

Bien entendu, on ne saurait louer en bloc toutes les descriptions truculentes auxquelles une *kermesse* peut donner sujet. Hélas! sous ce titre même, M. Georges Eekhoud a tracé des tableaux dont rien n'excuse le réalisme. Mais il est certain que, même sans tomber dans ces excès, l'écrivain belge est généralement inspiré et mis en verve par la description d'un bon repas. Qu'on relise, par exemple, l'inoubliable repas de noces de *Kaekebroeck* ou qu'on prenne, dans l'intéressant petit livre *Cité Brabant*, le banquet de la chambre de rhétorique. Il y a là du Rabelais encore ; c'est d'un naturel et d'un *rendu* où rien ne manque, et cependant rien non plus n'y choque les convenances.

Tous ceux qui eurent à Lille, en 1894, le plaisir d'entendre le comte Verspeyen, se rappellent encore avec quelle verve il décrivit « l'influence des banquets démocratiques sur l'union électorale des catholiques belges ». Et en esquissant si amoureusement le tableau des « sept cents convives d'Audenarde, attablés autour d'un hochepot national, composé de deux moutons, deux porcs, soixante-dix kilos de viande de bœuf, deux cents kilos de pommes de terre, soixante-quinze kilos de légumes variés, cent trois mètres de boudin (précisément le chiffre de la majorité parlementaire, Messieurs !), le tout arrosé de la savoureuse bière du pays », le spirituel orateur n'avait aucune honte d'ajouter :

« Les Belges, et particulièrement les Flamands, ont une réputation gastronomique dont ils entendent ne pas déchoir ! »

Et il faut bien avouer que les Wallons leur ressemblent, avec un peu plus de finesse, mais non moins de sincérité dans la gourmandise. Car on sent la joie d'un gourmand qui se pourlèche les babines, dans la peinture de leurs fêtes et de leurs kermesses. Un exemple entre mille : voyez avec quelle complaisance M. Maurice des Ombiaux nous détaille

cet étalage devant lequel, tout enfant, il a dû faire des péchés
d'envie, à la kermesse de son village :

« Les marchandes achevaient d'arranger sur leurs établis
volants, recouverts d'une serviette blanche, les caramels, les
bâtons de sucre d'orge, les boules de gomme multicolores,
les chiques de sirop durci, les *bablutes*, les *babulaires*, les
couques de Dinant et de Reims, les pains d'épice de Gand et
ceux de Verviers. A une corde, qui allait de l'un à l'autre
montant, pendaient les saucisses de Boulogne; le sel, dont
elles étaient saturées, traversait la membrane qui les recou-
vrait; on eût dit qu'elles avaient été roulées dans la poussière
de la route. Les oranges, classées selon leur qualité, jetaient
une chaude note d'or parmi les couleurs crues des bonbons
peints. »

Peut-être l'aura-t-on déjà remarqué, ces tableaux valent
surtout par l'abondance et le pittoresque des détails. Et c'est
là précisément une des grandes qualités qui font les descriptifs : voir et mettre en lumière le trait caractéristique. Rien
ne donne autant l'illusion de la réalité que ce détail réel, léger,
mais distinctif. Dans les peintures flamandes, c'est encore
une des choses qui frappent. Le détail pittoresque n'est pas
toujours relevé ou sublime. Le plus souvent, au contraire, il
est en soi peu de chose, ou quelque chose de simple, de vulgaire, presque de trivial. S'il est malgré cela caractéristique
et qu'il soit indiqué avec discrétion plutôt que souligné avec
affectation, il est intéressant et artistique. C'est lui qui donne
aux tableaux de genre leur charme à part et leur note absolument vraie.

Il est difficile d'accumuler en moins de vers plus de détails expressifs et pittoresques que n'en met M. Adolphe
Hardy dans ce dizain de *la Route enchantée :*

La bicoque, chaume et torchis, rit sous la roche,
Entre la route en pente et la rivière proche.
Une source est derrière, un courtil est devant.
Sur des cordes, du linge usé clapote au vent.
Au toit, quelques pigeons dorment, roulés en boules.
Par les trous de la haie, entrent, sortent des poules.

> Au vieux tuyau de fer de la source, un fil d'eau
> Coule entre rouille et mousse et déborde d'un seau ;
> Tandis qu'assise à l'ombre, une fille superbe
> En coiffe à bavolet, plume un canard dans l'herbe...

Encore cet exquis petit tableau est-il choisi à dessein, et c'est un vrai morceau d'anthologie. Mais j'ouvre *au hasard* les œuvres de M. Camille Lemonnier et je lis : « De temps à autre, M. le vicaire regardait Fleur-de-Blé et alors il disait en lui-même, *en fermant son livre après y avoir mis le doigt pour ne pas perdre la page...* » — N'est-ce pas là un détail bien mince, mais pris sur le vif, un petit geste de rien, mais combien proprement *ecclésiastique* !

J'ouvre *au hasard* un volume de Rodenbach et je tombe sur ce vers :

> Béguines revenant du salut des paroisses...,

et en regardant le titre, je vois qu'il s'agit de décrire l'après-midi calme du dimanche, dans la ville calme de province. Ces *béguines* sortant de ces *saluts* n'éveillent-elles pas tout un monde d'idées suggestives ! Quoi de plus simple pourtant que ce vers, en lui-même presque vulgaire et presque insignifiant ?

Et qu'est-ce qui fait le charme de cette kermesse, où nous menait tout à l'heure M. des Ombiaux, sinon l'abondance des menus détails ? C'est donc là un des grands talents des écrivains belges et spécialement des romanciers de terroir. L'œuvre de M. Courouble entre toutes se distingue par cet admirable talent d'observation pittoresque ; chez lui aussi, chez lui surtout, on peut prendre un volume et l'ouvrir *au hasard* ; on ne sera certainement pas déçu.

L'amour des Flamands pour leur intérieur est proverbial. On a déjà dit combien ils trouvaient d'inspiration dans leur amour du clocher, du beffroi communal, de la maison paternelle. Les Belges ont encore hérité d'eux cet amour-là.

Dans un de ses drames les plus saisissants et les plus personnels, — d'ailleurs étrange à l'excès, — M. Maeterlinck arrive à nous intéresser par la peinture d'un *intérieur* qu'on ne voit même pas, qui est uniquement dans le titre de la pièce et dans la coulisse ! Le bonheur de cette famille réunie, inconsciente encore de son malheur, et que des étrangers vont plonger dans la tristesse en rapportant au milieu d'elle un cadavre, produit une impression poignante.

M. Adolphe Hardy dépeint avec amour un *intérieur* ardennais :

> Les anciens lits, où flotte un long rideau tombant ;
> La bergère où l'aïeul sommeillait, le vieux banc,
> Les chenêts, l'âtre gris tout bourré de ramille,
> Le lard sec et jauni qui nourrit la famille,
> Les pains de sarrasin près du four étendus,
> Le bahut, les fuseaux au plancher suspendus,
> Et tapi sous la huche, au fond de la chaumière,
> Le chevreau noir qui dort en son lit de bruyère…

Mais ici nul ne nous touche plus que Rodenbach, car lui surtout sait mettre son âme en toutes ces choses, et réveiller les souvenirs du cœur en retraçant chaque détail. Dans la maison paternelle, il revoit ceux qu'il y aima, spécialement

> Les sœurs, jeunes encor, dormant dans les fauteuils…

Et chaque chose lui parle de quelqu'un :

> La pendule, où l'aiguille avance
> Implacablement son compas,
> Semble nous chuchoter tout bas
> Ce qu'elle sait de notre enfance !
>
> Ici, c'est le papier fleuri,
> Dont, les jours de fièvre moroses,
> Nous comptions les guirlandes roses
> D'un long regard endolori !…
>
> Rien n'a changé ; les glaces seules
> Sont tristes d'avoir recueilli
> Le visage un peu plus vieilli
> Des mélancoliques aïeules..
>
> … O sainte maison paternelle,
>
> Qui donc pourrait vous oublier,
> Logis où dort notre âme en cendre.
> Surtout quand on a vu descendre
> Des cercueils chers sur l'escalier !…

Avec Rodenbach, nous touchons à un genre tout particulier d'art descriptif. Il y a là non seulement la netteté des lignes, la variété du coloris et le pittoresque du détail, mais il y a un don d'observation *intérieure*. Les choses décrites ne sont pas seulement vues du dehors, elles semblent, au dedans d'elles-mêmes, avoir une âme. L'écrivain y fait passer un peu de la sienne. Ce talent de ce que l'on pourrait appeler la *description subjective*, fut le génie propre de Rodenbach. Mais il lui est trop personnel, du moins à ce degré, pour qu'on en puisse faire un des traits généraux de la littérature belge.

Cependant l'art de donner une âme aux choses n'est certes pas étranger aux écrivains belges, puisque tous ont un don remarquable d'imagination, qui leur fait trouver des métaphores heureuses et neuves. Or le mérite des métaphores est justement de prêter la vie à ce qui ne l'a point, de rendre sensibles, personnelles, vivantes, les idées abstraites.

Épris comme ils le sont des réalités matérielles, les Belges devaient avoir et ils ont un extraordinaire talent pour matérialiser, si l'on peut ainsi dire, ce qui est le plus incorporel et inaccessible.

Dans une série de poèmes, M. Émile Verhaeren s'est ingénié à décrire, en vers violemment réalistes, d'une brutalité rude et expressive, l'agonie d'une âme révoltée contre la foi et même contre la raison, le naufrage de la croyance et même du bon sens, l'effarement d'une imagination en démence devant le mystère et l'inconnu. Il y a là des visions macabres, des peintures d'amphithéâtre, et pour parler la langue d'un Belge lui-même, fait pour comprendre ce qu'il décrit : « Il s'en exhale une odeur d'*in pace* et de pourrissoir… La décroissance de la raison y revêt les apparences d'un supplice corporel où l'âme est sa propre tortionnaire et inexorablement se scarifie et se dépèce… Par des schémas outrés, par des correspondances essentielles d'images et de couleurs, s'avère le don prodigieux de tout incorporer et d'exprimer, à l'égal d'un organisme, l'inorganique même, les pures entéléchies spirituelles. »

Ainsi parlait M. Camille Lemonnier, le 15 mars 1896. Une bonne part de ces éloges lui pourraient être appliqués, et conviendraient, à des degrés divers, à tous les auteurs marquants de la *Jeune-Belgique*.

Tout ce qu'il peut y avoir, comme ils disent, de *correspondances* entre les images et les idées, entre l'ordre physique et l'ordre moral, a été exploité par eux. C'est encore M. Verhaeren qui nous montrera les usines

> Se regardant avec les yeux cassés de leurs fenêtres,

et qui nous fera entendre :

> *Comme une bête énorme et taciturne*
> *Qui bourdonne derrière un mur,*
> *Le ronflement... rythmique et dur*
> *Des chaudières et des meules nocturnes.*

C'est Rodenbach, qui fera de la ville morte un personnage vivant de son inoubliable roman !

Dans une pièce bien venue, *la Chanson des forges*, M. Iwan Gilkin prête, lui aussi, une personnalité et une voix aux flammes ardentes :

> *Nous forgeons pour tes pieds le boulet et l'entrave,*
> *... Stupide humanité, nous forgeons, nous forgeons*
> *Le travail monstrueux avec la maladie,*
> *Nous forgeons la chlorose et l'abrutissement...*

Chez M. Lemonnier nous entendrons « dehors la neige battre les vitres avec le bruissement léger d'un oiseau qui veut entrer ». Chez M. Maeterlinck, Palomides entendra les os d'Alladine « se plaindre comme un petit enfant » et le messager de la triste nouvelle dans *l'Intérieur* tiendra « tout le petit bonheur » de la pauvre famille « entre ses vieilles mains, comme un oiseau malade ».

Mais les derniers exemples cités nous révèlent un autre artifice cher aux Belges et dont ils se servent fort habilement : c'est la *transposition des sensations*. Grâce à leurs impressions si vives et si variées, ils ont tiré de ce procédé des résultats merveilleux. Ici encore Rodenbach s'est rendu célèbre. Qui ne se rappelle ce début de *Bruges-la-Morte* :

« Hugues recommençait chaque soir le même itinéraire, suivant la ligne des quais, d'une marche indécise, *un peu voûtée* déjà, quoiqu'il eût seulement quarante ans. Mais le veuvage *avait été pour lui un automne précoce*. Les tempes étaient dégarnies, les cheveux *pleins de cendre grise*. Ses yeux *fanés* regardaient loin, très loin, au delà de la vie. »

Et dans un tout autre genre, l'abbé Hoornaert dira avec beaucoup de hardiesse et de puissance en décrivant une nuit au désert :

Dans les recoins obscurs, emplis d'ombres plus noires,
A l'abri des rayons fauves des astres clairs,
On entend *mollement* de *sournoises* mâchoires
Plonger des crocs aigus dans la moiteur des chairs.

Tout le monde voit immédiatement que ce petit jeu des transpositions est malgré tout extrêmement dangereux. Si les yeux *fanés* nous plaisent parce que l'éclat du regard pâlit en effet comme celui des fleurs, si le bruit sourd des mâchoires carnassières est pour notre oreille comme une chose *molle* est pour notre main, il y a déjà dans la *marche un peu voûtée* de quoi surpendre les imaginations rigoureusement ordonnées. Certaines gens n'entendent pas la *voix de la lumière* aussi clairement que M. Maeterlinck ni celle du *silence* aussi facilement que Rodenbach. Tous nous serions peut-être vite fatigués de voir, comme disait M. Faguet, avec les oreilles ou d'entendre avec les yeux. Mais il n'en faut que davantage louer ceux qui savent heureusement tirer parti d'un si délicat procédé.

N'est-il pas encore plus dangereux de vouloir traduire une beauté sensible par une comparaison tirée de l'ordre moral ? Ne risque-t-on pas de faire sourire et ne frise-t-on pas le mauvais goût quand on *transpose* les sensations que cause la nature en celles que peut causer l'artifice ou l'industrie ? Il faut en tout cas être très adroit pour y réussir avec grâce, et c'est pourtant ce qu'a fait par exemple M. Paul André, en décrivant la Sambre et la Meuse, telles qu'on les aperçoit du casino de Namur :

« A une profondeur de vertige, au pied de la montagne, la vallée se présente comme un indéchiffrable grimoire colorié par des enfants sur une immense page. Tous les bruns, tous les gris, tous les verts des champs partagent le dessin en carrés irréguliers. Sans ordre, ici et là, sont plantés les jouets représentant les arbres, les maisons. De minuscules attelages mécaniques courent le long des routes blanches. D'un bout à l'autre du bariolage, le fleuve, en le traversant, paraît

une traînée de l'encrier répandu pendant le jeu. Une mouche
y a trempé son corps et, en s'enfuyant, a tracé une ligne
sinueuse plus étroite, la Sambre. »

Nous retrouvons ici, dans la comparaison et la métaphore,
ces détails familiers de la vie quotidienne, qui font la supériorité des Belges dans la description. Mais peut-être ce
talent même des images simples et usuelles donnerait-il à
croire que leur imagination se borne aux tableautins ; que du
moins cet art des transpositions ne s'élève pas au-dessus d'un
ordre de sensations matérielles très ordinaires. Il faut redire
ici ce que nous remarquions à propos des descriptifs : comme
le don de l'observation immédiate ne les empêche pas de
voir et de dépeindre aussi avec des couleurs saisissantes les
spectacles les plus lointains et les moins usuels pour eux, de
même leur imagination familière et trotte-menu, si génialement inspirée par leur esprit pratique et leur amour des
détails ordinaires, ne les empêche pas de s'élever à l'occa-
sion jusqu'aux fantaisies les plus aériennes, aux rêveries les
plus resplendissantes. La métaphore de haut vol, l'image
noble et même sublime, si elle n'est pas absolument fré-
quente chez eux, ne leur est cependant pas inconnue.

Quelle grandeur dans cette métaphore de M. Demolder :
« Elle passa, portant très haut la tête..., elle marchait à grands
pas, semblait faucher la lumière, qui se couchait en ombre
sous ses pieds » !

Un exemple fameux d'imagination supérieure est le livre
de *la Vie des abeilles*, qui contribua si fort au renom littéraire de M. Maurice Maeterlinck. Je sais qu'il y a là aussi une
bonne part de description ; l'auteur serait peu flatté si on
prenait son livre pour un ouvrage *de chic* ou un poème de
pure imagination. Mais à côté ou *au-dessus* de la description
exacte et minutieuse, quelles merveilleuses couleurs d'imagination, quel fulgurant éclat de latentes ou expresses comparaisons, quel éblouissement de métaphores ! N'importe
quelle page du livre renferme presque toujours ces deux
éléments, et si heureusement mêlés, que leur union même
fait le charme et le mérite propres de l'ouvrage. Entre tous,
le chapitre du *Vol nuptial* est un perpétuel chef-d'œuvre de
rapprochement, de *correspondance* entre la chose vue ou

décrite et la chose imaginée, entrevue, rêvée. Que cela soit exempt de sensualité, je ne le prétends certes pas ; mais l'effet de coloration et de vie est d'une incontestable puissance :

La reine-abeille « prend son vol à reculons, revient deux ou trois fois sur la tablette d'abordage, et quand elle a marqué dans son esprit l'aspect et la situation exacte de son royaume qu'elle n'a jamais vu du dehors, elle part comme un trait au zénith de l'azur. Elle gagne ainsi des hauteurs et une zone lumineuse que les autres abeilles n'affrontent à aucune époque de leur vie. Au loin, autour des fleurs où flotte leur paresse, les mâles ont aperçu l'apparition et respiré le parfum magnétique qui se répand de proche en proche jusqu'aux ruchers voisins. Aussitôt les hordes se rassemblent et plongent à sa suite dans la mer d'allégresse dont les bornes limpides se déplacent. Elle, ivre de ses ailes et obéissant à la magnifique loi de l'espèce qui choisit pour elle son amant et veut que le plus fort l'atteigne seul dans la solitude de l'éther, elle monte toujours, et l'air bleu du matin s'engouffre pour la première fois dans ses stigmates abdominaux et chante comme le sang du ciel dans les mille radicelles reliées aux deux sacs trachéens qui occupent la moitié de son corps et se nourrissent de l'espace. Elle monte toujours. Il faut qu'elle atteigne une région déserte que ne hantent plus les oiseaux qui pourraient troubler le mystère. Elle s'élève encore et déjà la troupe inégale diminue et s'égrène sous elle. Les faibles, les infirmes, les vieillards, les mal venus, les mal nourris des cités inactives ou misérables, renoncent à la poursuite et disparaissent dans le vide. Il ne reste plus en suspens, dans l'opale infinie, qu'un petit groupe infatigable. Elle demande un dernier effort à ses ailes et voici que l'élu des forces incompréhensibles la rejoint, la saisit, la pénètre et qu'emportée d'un double élan, la spirale ascendante de leur vol enlacé tourbillonne une seconde dans le délire hostile de l'amour. »

Au don de l'observation précise, de la peinture exacte, vivante et colorée, à leur remarquable talent pour les métaphores de toutes sortes, familières ou splendides, les écri-

vains belges joignent généralement une autre qualité :
c'est la spontanéité du sentiment et la sincérité de son expression. La spontanéité tient sans doute, comme la puissance de décrire, à leur nature d'impressionnistes ; la sincérité littéraire est le résultat de leur caractère franc et indé-
pendant.

Impressionnistes, ils se livreront tout entiers, quand ils
aborderont l'étude des sentiments, à l'émotion de leur personnage. Ils sentiront, ils aimeront, ils souffriront en lui et
avec lui. Sincères, ils chercheront avant tout à traduire ce
qu'ils sentent, comme ils cherchaient dans la description à
traduire ce qu'ils voyaient.

C'est une des heureuses qualités de l'âme belge, que
l'horreur de la contrainte, la jalousie de son indépendance.
Il y a bien là un peu d'indiscipline. « Rien ne coûte tant à un
Belge, me disait un jour le bourgmestre d'une des villes du
royaume, que de se plier à l'obéissance ; si vous voulez obtenir
quelque chose de lui, n'ayez jamais l'air de le lui comman-
der. Vous obtiendrez beaucoup de lui par persuasion, presque rien par commandement. »

De là vinrent jadis les mécomptes des Espagnols, des
Autrichiens et des princes-évêques de Liége. De là vient
dans les arts flamands l'horreur des voies battues et des
méthodes conventionnelles ; de là un esprit d'initiative que
les Belges apportent partout.

En littérature, cette tendance pourra avoir quelques dé-
plorables effets, mais elle en aura aussi d'excellents.

> Je ne me sens pas né pour les vers de commande,

disait le gracieux poète montois Benoît Quinet. Et de cet état
d'âme, commun à tous les écrivains de Belgique, résulte
chez eux tout d'abord la spontanéité du sentiment. Sur ce
point, les Belges sont probablement supérieurs à la plupart
des littérateurs parisiens. A l'œuvre de certains de leurs
poètes et de leurs romanciers, se mêle une émotion vraie et
simple qui n'a pas honte d'elle-même, une tendresse qui
rêve sans penser, qui s'exprime sans s'analyser et surtout
sans s'écouter, quelque chose de léger et de doux, de très

intime en même temps, un peu de sentimentalité germaine, peut-être, reste des vieux ancêtres bas-allemands.

Cette émotion vive et loyale, naïve et franche, nous en manquons le plus souvent et peut-être sommes-nous condamnés à en manquer. L'âme irrémédiablement logique des Latins, des Français surtout, toujours en quête de l'unification et du principe universel d'ordre et de mesure, toujours anxieuse de doser exactement la part du sentiment et celle de la raison, ne se livre jamais si bien à la sensibilité, que la raison souveraine perde son contrôle. Toute notre poésie a un fond incorrigible d'intellectualisme tel, que la pensée chez nous a souvent l'air de nuire au sentiment. Je ne dis pas que le résultat final, dans sa complexité, doive y perdre. Je crois seulement qu'une des beautés possibles de l'œuvre littéraire est absente de ce chef. Jamais nous ne rêverons, par exemple, comme les Allemands et les Anglais ; jamais nous n'associerons comme eux des images, des sons et des sentiments, en un tout capable de remuer jusqu'aux entrailles, sans presque parler à la raison supérieure, tout ce qu'il y a dans notre être sensible de tendresse et d'*émotivité*.

Rodenbach, dans ses œuvres les meilleures, quand il ne s'était pas laissé fausser le goût, fut un type heureux de la sentimentalité flamande. Vraiment, il dit les choses *comme on les ressent*, avec un accent d'ingénuité incomparable, et sans aucun apparent souci de l'*écriture* :

> Ma mère, *elle* a voulu garder, la sainte femme,
>   Mon massif berceau d'autrefois.
> Il rêve dans un coin aux jours d'épithalame
> Où moi, l'enfant nouveau, j'avais une jeune âme,
>   Et ma mère une jeune voix.
>
> Mais la voix s'est usée et plus jamais ne chante,
>   Puisque les enfants sont grandis...
>
> ... Et j'évoque en pleurant la musique éphémère
>   De celle qui venait s'asseoir
> Et chanter, en suivant le vol de sa chimère,
> Si doucement, que c'est par sa chanson de mère,
>   Que j'appris à parler, le soir...

Qui n'a lu sa pièce touchante sur *les Absentes* :

> Le soir, quand je m'en vais tout seul le long des rues,
> Vers les faubourgs, pour voir le soleil se coucher,

> Je sens autour de moi mes deux sœurs disparues
> Comme des oiseaux blancs autour d'un noir clocher ...

et celle, plus célèbre encore, du *Coffret* :

> Ma mère, pour ses jours de deuil et de souci,
> Garde dans un tiroir secret de sa commode
> Un petit coffre en fer rouillé, de vieille mode
> Et ne me l'a fait voir que deux fois jusqu'ici...
> Quand sont mortes mes sœurs blondes, on l'a rouvert,
> Pour y mettre des pleurs, — et deux boucles frisées.
> Hélas! Nous ne gardions d'elles, chaînes brisées,
> Que ces deux anneaux d'or dans ce coffret de fer.
> Et toi, puisque ton front vers le tombeau se penche,
> O mère! quand viendra l'inévitable jour
> Où j'irai dans la boîte enfermer à mon tour
> Un peu de tes cheveux..., que la mèche soit blanche !...

Tout cela est si vrai et en même temps si simple, que l'on n'aurait pas pu, semble-t-il, dire ces choses autrement! Et tout le *bon* Rodenbach est ainsi; plût au ciel qu'il n'y en eut jamais un autre!

On retrouve la même émotion sans recherche, et pénétrante pourtant jusqu'aux moelles, dans beaucoup de pages d'Octave Pirmez. Celui-là avait pris la sincérité chez les romantiques; mais il la poussa encore plus loin qu'eux, parce qu'il sut éviter leurs préjugés et leurs conventions comme eux-mêmes avaient évité les conventions classiques. Dans son œuvre considérable, relisons au moins ces lignes touchantes, où il évoque le souvenir de son frère :

« Dans les matinées de printemps, j'aime encore à parcourir l'allée du calvaire de Villers et à fouler le vallon émaillé de fleurs où, tant de fois, nous avions prolongé nos entretiens; je vais errer, accompagné de la foule murmurante de mes souvenirs, sur les rives du ruisseau de l'Ormalheure, dont j'écoute les doux sanglots. Les oiseaux des autres années chantent sur les mêmes buissons; l'arome pénétrant des plantes germantes circule dans l'air calme, et la nature répand son charme au plus profond des âmes. Mais le pauvre enfant n'est plus là pour s'émouvoir avec moi et il me faut admirer, aimer, souffrir doublement, puisque je porte comme deux vies en mon sein. De lui, il ne reste plus que moi ici-bas. »

Cette sincérité dans l'expression des sentiments a produit un résultat inattendu : les écrivains les plus brutaux sont aussi les plus tendres, lorsqu'ils veulent bien s'y essayer. De *réalistes*, ils deviennent *vrais*.

Prenons comme exemple M. Camille Lemonnier. A lire certains de ses ouvrages, aurait-on soupçonné que sa main, cette main tour à tour d'Hercule forain et de vétérinaire, pût prendre toutes les douceurs d'une main maternelle, toutes les souplesses d'une main d'enfant? Il en est ainsi pourtant. Cette nature puissante et si profondément impressionnable, que Dieu a départie à M. Lemonnier, ne se borne pas à ressentir et à retracer les émotions brutales et grossières, à exprimer des âmes bourrues et velues. C'est avec une grâce exquise, une délicatesse charmante, une sensibilité pure et fine, qu'il s'attendrit et nous attendrit dans ses *Noëls flamands*, par exemple, ou dans *Comment va le ruisseau*.

Pas une âme un peu neuve qui ne pleure en lisant la mort de Fleur-de-Blé. Et voyez Noémie, fiancée à Jean Fauche, méditant devant la fontaine :

« Comme la petite onde, elle venait, elle aussi, d'un lointain obscur où des jeunes filles, des fiancées, des amoureuses, s'étaient penchées sur les sources profondes, tâchant de conjecturer leur destin. Rien n'avait pu arrêter la vie des races ; rien n'avait pu avoir raison de la petite onde intérieure. Si un roi était venu là et avait voulu refouler le flot monté du cœur de la terre, est-ce que tout de même cette force incompressible de l'eau ne se serait pas fait jour d'un autre côté ?

« Noémie trembla. Elle sentit que, par une pente naturelle, sa pensée l'entraînait. Elle se rappela le mot de Jean Fauche : « Comme va le ruisseau. » Elle compléta mentalement : « Com-« me vont les ondes de la vie, comme va l'élan des âmes. »

Qui reconnaîtrait, dans cette page touchante et simple, le peintre de tant de sentiments presque innommables ?

Mais qui donc reconnaîtrait M. Eugène Demolder dans *le Cœur des pauvres*, à la peinture d'une âme fraîche et pure comme celle de Colombe, la petite servante ? On dirait vraiment qu'il a peur avec elle des dangers de la capitale. On dirait qu'il est entré dans le cœur de la vieille Waudru, où celle-ci, depuis le jour que son prétendant la délaissa comme

trop pauvre, « est restée seule avec sa tendresse, comme avec
des fleurs qu'elle ne pouvait donner ». — M. Georges Eekhoud
n'est-il pas ordinairement adonné à l'étude des âmes les plus
amorales, des sentiments les plus étranges, les plus violents,
les plus contre nature parfois ? Cependant il sait si bien se
mettre dans ses personnages, prendre les sentiments de leur
âme et les exprimer, quand il le veut faire, avec une franchise
sans apprêts, que lui aussi a tracé des tableaux d'une tendresse pure et naïve. Il a des pages profondément émouvantes
sur le souvenir de son père. Et ailleurs, avec quelle sobriété
naturelle, mais irrésistiblement touchante, il nous dépeint
les adieux de Frans Goor à sa mère, quand le gars flamand
part pour la caserne ! Ce tableau rappelle d'ailleurs une scène
analogue, où tout le monde reconnaît la main d'un maître : le
départ de Sylvestre, dans *Pêcheur d'Islande*. Comme la
grand'mère de Sylvestre, la mère de Frans (Bazin Goor)
accompagne son fils au départ ; elle vient jusqu'à la ville, où
les conscrits devaient prendre leur train : « En route, ils
s'arrêtaient, comme à des stations de chemin de croix, devant
ces mignonnes chapelles accrochées au trone des plus beaux
arbres. Elle s'agenouillait, commençait une prière, mais elle
n'achevait pas et finissait par se retourner vers son fils, lui
prenait la tête entre les mains et le regardait dans les yeux,
comme si elle ne devait plus le revoir. Puis elle éclatait en
sanglots. »

Ce serait ici le cas de citer à nouveau MM. Maeterlinck et
Verhaeren. Aucun en effet parmi les auteurs belges n'a
poussé si loin ou pour mieux dire n'a affecté davantage cet
art de traduire immédiatement des sentiments et même
des sensations, sans apparence de préoccupation littéraire.
Dans son théâtre, M. Maurice Maeterlinck semble chercher
à faire passer l'impression du personnage dans le spectateur,
avec le minimum de dialogue possible. Quant à M. Verhaeren,
son vers hurle et se tord, en dépit de toutes les règles traditionnelles de métrique et parfois de grammaire. Ils ont en
outre, comme MM. Lemonnier et Eekhoud, une prédilection
marquée pour l'étude des psychologies impulsives. Mais il
faudra malheureusement revenir là-dessus, pour signaler

précisément chez ces auteurs l'exagération d'une qualité et l'outrance d'un procédé dont l'abus gâte les charmes.

Notons cependant que M. Verhaeren, lorsqu'il veut se modérer un peu et canaliser sa violence, arrive à traduire très sincèrement des sentiments normaux, très humains, très doux même et très tendres. Quelle sérénité dans son *Agonie de moine* :

> Faites miséricorde au vieux moine qui meurt,
> Et recevez son âme entre vos mains, Seigneur !
> Quand ses maux lui crieront que sa course en ce monde
> Est près de terminer son orbe vagabonde ;
> Quand ses regards vitreux, obscurcis et troublés
> Enverront leurs adieux vers les cieux étoilés ;
> Quand se rencontrera, dans les affres des fièvres,
> Une dernière fois, votre nom sur ses lèvres...
> Quand on lui donnera, pour suprême amnistie,
> Pour lampe de voyage et pour soleil, l'hostie...
> Quand on le descendra, sitôt la nuit tombée,
> Parmi les anciens morts qui dorment sous l'herbée ;
> Quand l'oubli prompt sera sur sa fosse agrafé,
> Comme un fermoir de fer sur un livre étouffé ;
> Faites miséricorde à son humble mémoire,
> Seigneur, et que son âme ait place en votre gloire !...

Pourquoi donc n'a-t-il pas toujours écrit des poèmes comme ceux des *Heures claires* et des *Visages de la vie* ?

Il est impossible de caractériser, même à grands traits, les tendances de l'école belge sans faire, au nom de la religion, de la morale et même du bon goût, quelques restrictions essentielles. C'est ce que je vais tâcher de faire dans un dernier article.

Dès à présent, je demande l'indulgence pour une œuvre dont je ne me dissimule pas les dangers. Noter les caractères généraux d'une littérature, c'est un peu, comme je le disais au début, définir l'âme de tout un peuple ; et l'entreprise est délicate entre toutes, quand on veut juger non des compatriotes mais des voisins. Tant de préjugés, tant d'idées toutes faites, traditionnelles ou conventionnelles, risquent d'offusquer le jugement ! Et l'on risque si fort aussi d'être injuste en généralisant quelques défauts individuels ! Aussi est-ce par de nombreux exemples que l'on peut donner aux lecteurs une idée à peu près exacte. Ce que celle-ci perd peut être en netteté synthétique, elle le gagne en sincérité. Mieux vaut être juste que systématique.

Dans les quelques pages qui précèdent, les Belges eux-mêmes viennent de nous révéler leurs grandes qualités d'écrivains : amour de la peinture vive, talent extraordinaire d'observation, aptitude à saisir et à noter le détail pittoresque, simplicité et sincérité de l'émotion sentimentale. C'est assez de qualités pour constituer une littérature belle et originale. Assez pour faire aimer aussi l'âme belge et pour donner raison à ceux qui la veulent de plus en plus indépendante dans sa manière de penser, de concevoir et d'exprimer. Car « sa vraie nature, sa vraie beauté, son originalité à forte saveur ne se dégagent », selon le mot de M. Edmond Picard, « que par le reploiement sur elle-même, quand elle n'a d'autre souci que d'entrer en possession de son essence et qu'elle se garde de l'horreur et de l'abomination des contrefaçons étrangères ».

III

QUELQUES DÉFAUTS

Les plus belles choses humaines ont leurs revers, et l'excès même des bonnes qualités est un défaut.

Aussi, à presque toutes les belles qualités d'une littérature correspondent d'ordinaire des imperfections et des taches qui en sont comme la rançon. Les beaux talents d'intuition, d'observation, de description, l'art de saisir la note vraie et de l'exprimer sincèrement, la spontanéité et l'indépendance surtout, ont aussi leurs exagérations.

A force de voir et de sentir, à force de rendre toutes choses concrètes et de ne jamais voir les idées, pour ainsi dire, qu'à travers des images, les écrivains belges en viennent assez souvent à ne pas s'élever au-dessus des sens. Il y a certainement, dans beaucoup de leurs ouvrages, un excès de matérialisme et de sensualisme qui nuit à l'élévation des idées, à la grandeur des vues, à la largeur des plans. Le réel tue chez quelques-uns l'idéal. Et si je ne craignais d'exagérer, ce qui est toujours injuste, je dirais que leur littérature est en général un peu *terre à terre*. C'est le sentiment bourgeois poussé à l'excès.

Ce caractère se manifeste dans la conception même de leurs œuvres. Les notions les plus sublimes, les plus éthérées, deviennent pour eux facilement matérielles et se réduisent aux proportions du symbole où ils les ont heureusement enveloppées. Ainsi, de même que pour eux la religion, la patrie, la famille, c'est le clocher, le beffroi communal et la maison paternelle, de même trop souvent l'âme, c'est la sensibilité physique ; le progrès, c'est le confortable ; l'industrie, c'est l'usine ou le chemin de fer ; la morale, c'est le bien-être ; l'amour, c'est la chair, et ainsi de suite. De là une pénurie d'idéal qui est surtout sensible dans la poésie lyrique.

Prenons pour exemple M. Émile Verhaeren, aux talents si puissants mais si peu maîtrisés. Il a mis une grande partie de son génie et de son temps à chanter le développement des villes industrielles. Il a déploré la disparition des âges de foi et de vie champêtre. Mais presque jamais il ne va jusqu'à une envolée proprement lyrique. Ce qu'il voit surtout dans l'industrie, c'est ce qu'elle a de matériel, de concret. C'est

> La noire immensité des usines rectangulaires...
> Et les fumiers, toujours plus hauts, de résidus,
> Ciments huileux, plâtras pourris, moellons fendus,
> Au long des vieux fossés et des berges obscures,
> Levant, le soir, leurs monuments de pourritures...

Ce qu'il regrette des âges disparus, c'est le travail des champs

> ... dans l'Août
> Des seigles mûrs et des avoines rousses,
> Avec les bras au clair, le front debout
> Dans l'or des blés...
> ... le repos tiède et les midis élus,
> Tressant de l'ombre pour les siestes,
> Sous les branches, dont les vents prestes
> Rythment avec lenteur les grands gestes feuillus !...

Rien que de fort terrestre en tout cela ; rien qui éveille les grandes préoccupations de l'humanité. Et même, c'est à peine l'humanité, ce sont à peine des hommes, que ces êtres sur lesquels le poète veut nous apitoyer,

> Morceaux de vie en l'énorme engrenage.

Dans tout ce qu'il nous dit à leur sujet, on cherche presque toujours en vain quelque chose qui nous montre leur âme et qui parle sainement à la nôtre. Ce sera la gloire de M. Jules Sottiaux d'avoir au contraire, comme nous l'avons vu précédemment, introduit la poésie jusque dans l'obscurité des mines, d'avoir idéalisé jusqu'au travail de ces pauvres êtres courbés sous l'effort et d'avoir distingué encore, sous leurs traits épais et noircis, le rayonnement d'une âme humaine semblable aux nôtres. Voilà pourquoi ses poèmes aussi *ont de l'âme*.

Au contraire, presque tous les tenants de la jeune école belge semblent affecter ou de n'avoir pas d'âme, ou de choisir pour objets de leurs études les hommes qui en ont le moins. Ceux qui n'ont pas d'âme du tout, ce sont les admirables orfèvres qui travaillent dans l'atelier du Parnasse. Ce qu'ils ont de *belge*, ceux-là, c'est le talent de voir le monde par l'extérieur et la puissance de la description plastique. Mais leur grand défaut est précisément de s'en tenir à ces dehors. Leur poésie, tout impersonnelle et objective, manque le plus souvent d'inspiration ; défaut commun du reste chez les parnassiens de France ou d'ailleurs : il semble que ceux-là mettent autant de soin à cacher leur âme, que d'autres à la détailler !

Mais parmi ceux mêmes qui plongent dans l'intime de l'être humain et avec la crudité de leur langage réaliste dissèquent les sentiments, il y a certainement une tendance trop générale à aimer les psychologies frustes, rudimentaires, quelquefois bestiales.

La psychologie des *Jeunes-Belges*, même quand elle n'est pas abominablement sensuelle, est au moins et d'abord impulsive.

Les uns nous présentent des âmes élémentaires et initiales avec des embryons de conscience, des ombres de personnes morales. Prenez M. Georges Eekhoud ; il se fait gloire lui-même de dépeindre des « brutes superbes » ; encore le lecteur trouvera-t-il souvent que le qualificatif est de trop. Ses paysans anversois ne sont presque pas des hommes ; ils ne sont que des machines à sensations. Et, comme je l'ai déjà dit, leur auteur les aime ainsi ; il se vante même d'aimer leurs vices.

Prenez M. Camille Lemonnier. Même quand il s'aventure dans des régions un peu *supra-terrestres*, il n'y voit guère autre chose que la matière. Dans les moines de la Campine, par exemple, ce qu'il admire le plus, c'est leur force physique et l'utilité de leur travail. Mais quand il choisit un de ses sujets de prédilection, de ceux où il est à l'aise, c'est bien pire. Ce qu'il décrit avec le plus d'amour, ce sont, pourrait-on dire, les âmes de ceux qui n'en ont pas, les consciences d'inconscients.

Encore une fois, je laisse de côté ici les ouvrages immoraux, les études d'âmes anormales ou amorales, les analyses psychologiques qui ne sont que des tableaux passionnels inexcusables. Je parle des œuvres que l'on peut encore lire, de celles que leurs auteurs tiennent pour les plus morales, les plus inoffensives, les plus édifiantes, si l'on veut ; par exemple, ce joli livre sentimental qui a pour titre : *Comment va le ruisseau*. Sans doute, il y a là des choses charmantes. Mais enfin, toute la psychologie de ce roman est absolument enfantine, les personnages ne sont que passifs ; ils aiment parce qu'ils y sont poussés, parce que l'amour jaillit de leur cœur comme le ruisseau de la source. Eh bien, de beaucoup d'autres œuvres littéraires belges, en vers ou en prose, on reçoit la même impression. Il semble qu'on ait vu des personnages de rêve, dont l'âme est poussée plus qu'elle n'agit ; on a la sensation d'un cauchemar qui cherche vainement à prendre conscience de soi.

M. Verhaeren a fait dans un joli vers un aveu bien caractéristique :

C'est à travers les yeux que l'âme écoute l'âme.

Telle est bien la méthode d'observation des Jeunes-Belges. Sans doute elle est très bonne en soi, elle est même nécessaire ; mais enfin elle ne suffit pas. Et le malheur est précisément qu'en appliquant admirablement cette méthode-là, MM. Lemonnier, Verhaeren, Eekhoud et beaucoup de leurs disciples ne semblent même pas se douter qu'il y en a d'autres !

Que dire après cela de M. Maeterlinck ? Celui-là s'est posé absolument et résolument en peintre et docteur de l'inconscient. Il en est enivré, comme disait M. Faguet et ce qu'il recherche surtout, c'est « ce qu'il y a de non-moi dans le moi ».

Il l'a si bien compris, qu'il a intitulé tout un groupe de ses œuvres « pièces pour marionnettes », ce qui semble avouer qu'il n'y a là qu'une psychologie de poupées. Que l'impression tragique y gagne quelquefois, c'est encore possible. Mais l'intérêt psychologique y perd sûrement. Nous retombons, avec ce genre de drames, dans la tragédie fataliste à l'antique. Et de vrai, il ne vaudrait pas la peine d'avoir vécu vingt siècles de christianisme, si ces évolutions de machines sensitives pouvaient encore nous émouvoir : on ne fait pas si facilement litière des conquêtes de la pensée. Nous ne croyons plus à la *Moira*, ni au *Fatum*, pas même sérieusement au *Kharma* bouddhique ; et si l'on y croyait, il faudrait renoncer à la littérature. Car la lutte des instincts et du devoir, de la sensation et de la morale, fait précisément le grand intérêt des œuvres littéraires et des problèmes psychologiques.

Le théâtre fataliste de M. Maeterlinck peut donc faire peur aux spectateurs, j'en conviens ; il peut même leur donner la chair de poule. Mais rien de plus faux, à la réflexion, et de plus froid par conséquent à la lecture. Je défie qui que ce soit de lire *l'Intruse*, sans avoir envie vingt fois de gifler l'aïeul lorsqu'il répète à satiété, comme un vieux radoteur, ses questions saugrenues et l'expression monotone de ses pressentiments, imagés jusqu'à l'hallucination. C'est du Shakespeare d'hommes malades. Combien plus les personnages de la tragédie belge seraient humains et par conséquent intéressants, si, au lieu de se laisser conduire, comme des pantins et des marionnettes, ils se révoltaient quelquefois pour répéter fièrement ce petit mot de Monna Vanna : « Je dirais au destin : « Va-t'en, c'est moi qui passe. »

Presque autant que la conception psychologique, la conception morale est souvent par trop simpliste, bourgeoise, prudhommesque. Deux types de morale sont assez fréquents dans la littérature contemporaine des Belges, je parle toujours de ceux qui ont une morale.

L'une est la morale de l'ataraxie, un système épicurien renouvelé d'Horace ou peut-être d'Anatole France. C'est toute la hauteur de vues où se hausse l'esprit si fin pourtant de M. Valère Gille. La préoccupation des fins dernières, le *problème de la destinée*, comme disent les gens sérieux, est fort peu de chose pour lui. Il n'y a du reste dans toute la jeune littérature belge rien qui ressemble de loin à une *Nuit* de Musset, pas un de ces cris déchirants qui sortent du fond de l'âme et qui la pénètrent de part en part.

Et voici toute la *sagesse* que prêche M. Valère Gille :

> Sans te passionner, sans que rien ne t'émeuve,
> Regarde s'écouler l'univers comme un fleuve...
> ... Amuse-toi du jeu de l'onde ; — et lorsque émerge
> Au loin, dans les remous changeants, quelque lis d'eau,
> Que la distance encor fait paraître plus beau.
> Ne va pas comme un fou te jeter à la nage :
> Le sage réfléchit, sourit et se ménage !...

Je sais qu'une fois ou l'autre, il risqua un aveu furtif, et combien académique toujours :

> Notre amour décevant, aux ivresses trop brèves,
> N'éteint pas mon désir toujours plus irrité,
> Et qui pour s'assouvir voudrait l'éternité...

Mais en somme, il est au contraire fort peu *assoiffé d'éternité*, très attaché à ses « vains rêves », — et toute sa philosophie est celle du *Carpe diem*. Quand il veut exprimer sa plus noble ambition, il invite son ami Fernand Séverin à venir avec lui

> ... sans vouloir creuser le sens de l'univers,
> Trouver le seul plaisir au charme d'un beau vers !...

Un autre genre de philosophie très bourgeoise est celui de M. Léopold Courouble. Certes, on ne peut pas dire que cet auteur soit immoral. Bien que certaines descriptions un peu trop réalistes empêchent parfois ses livres d'être mis dans toutes les mains, il est incontestable que leur tendance générale est moralisatrice. Mais cette morale est absolument bourgeoise et de tout repos ; sa conception philosophique est *louis-philippienne*. Lisez son chef-d'œuvre, *la Famille Kaekebroeck*, et spécialement les chapitres intitulés : *le Mariage de Joseph Kaekebroeck, la Vengeance de Mme Posenaer*. Il n'y a rien là des théories subversives, des doctrines démoralisantes, des peintures d'adultère ou des insinuations obscènes qui déshonorent tant de romans français et belges de l'heure actuelle. Mais quelle sagesse de pot-au-feu ! « Restez vous-même, mariez-vous, soyez bon époux et bon père! » C'est tout, le programme est rempli. Vraiment, on se demande s'il vaut la peine d'avoir une littérature pour donner des leçons pareilles? Car la vie quotidienne, le bon sens bourgeois des papas et des mamans devraient suffire à les graver dans le cœur de leurs enfants. Au fait, puisque, dans la pratique, il n'en est pas ainsi, sachons gré à M. Courouble et à beaucoup d'autres romanciers belges d'avoir au moins donné ce genre de préceptes et de n'avoir pas perverti au lieu d'instruire.

Car, malheureusement, il y en a qui font cette triste besogne! Si l'absence de conceptions élevées, d'aspirations idéales, caractérise beaucoup d'œuvres belges, il y en a certaines autres aussi qui sont franchement immorales dans leur idée première, dans leur fond, dans leur but avoué. Il y a des titres de livres qu'on ne saurait transcrire sans offenser la pudeur et que des jeunes gens de dix-huit ou vingt ans vous citeront couramment, à Bruxelles, comme des chefs-d'œuvre de leur littérature nationale. On ne peut qu'en être profondément navré. Ni l'épicurisme de M. Valère Gille, ni la morale bourgeoise de M. Courouble, ni le fatalisme de M. Maeterlinck ne vont jusqu'à nous vouloir faire goûter et partager, comme telle pièce de M. Iwan Gilkin,

Le monstrueux plaisir de souiller l'idéal!

Cela, comme certaines œuvres retentissantes de M. Camille Lemonnier, de M. Georges Eekhoud et tel passage aussi de M. Émile Verhaeren, c'est de la littérature qui ne devrait pas relever de la critique, mais de la cour d'assises.

Il n'est peut-être pas inutile de redire, aux âmes chastes qui liront les présentes pages, combien l'on se tromperait en prenant pour recommandables ou inoffensifs tous les auteurs dont le talent littéraire est ici loué. Plusieurs d'entre eux ne peuvent figurer dans une bibliothèque catholique et surtout dans une bibliothèque de jeunesse. Aussi faut-il se réjouir de ce que l'*Association des écrivains belges* a entrepris depuis quelque temps la publication d'une *Anthologie* consacrée à ses écrivains de langue française. Dans cette série de petits volumes on trouve, comme dans les *Pages choisies* de nos auteurs, des extraits que tout le monde peut lire, qui suffisent

à faire connaître l'homme et l'œuvre et qui rendent service à
la fois au lecteur et à l'auteur; l'un évite en effet d'encombrer
sa bibliothèque et de salir son imagination inutilement;
quant à l'autre, il ne peut que gagner à ce que, dans sa
moisson très mêlée, le bon grain soit séparé de l'ivraie [1].

A la préoccupation morale, toute âme noble et élevée joint
la préoccupation religieuse. Le mystère qui nous entoure, la
force inéluctable qui nous mène, sans pourtant violenter
notre liberté et qui nous laisse, en conduisant tout l'univers,
un secret empire sur tant de choses, le maître qui nous dicte
une loi au fond du cœur, que nous invoquons dans nos
angoisses, que nous sommes parfois tentés de maudire quand
nous souffrons, que nous sommes inclinés à prier quand nous
reconnaissons notre petitesse, Dieu enfin, trop proche de
nous déjà pour qu'on l'ignore ou le néglige, trop loin, hélas !
pour qu'on le voie et le sente, ne peut pas être indifférent à notre âme quand elle se replie sur elle-même. Il ne
peut donc pas y avoir de littérature un peu vraie, de psychologie humaine un peu profonde, de poésie lyrique intimement prenante, sans que la pensée de Dieu, une fois ou l'autre,
la traverse. C'est cette pensée-là, qui fit si belle la poésie
d'un Dante, d'un Luis de Leon, comme aussi d'un Mussel,
d'un Shelley et d'un Byron.

La vieille foi flamande, le mysticisme héréditaire du pays
des béguinages, prédisposaient, semble-t-il, les auteurs belges
à dire de Dieu des choses sublimes. Beaucoup d'entre eux ont
en effet puisé dans leur foi chrétienne le meilleur de leurs
inspirations.

Nous avons déjà vu comment des hommes de talent, le
comte Verspeyen, le P. van Tricht, M. Godefroid Kurth et
quelques autres, s'étaient faits, par leurs discours et leurs
écrits, les champions de la cause catholique. Avant eux,

---

1. Cinq volumes ont déjà paru, consacrés à Camille Lemonnier, Georges
Rodenbach, Edmond Picard, Émile Verhaeren, Octave Pirmez. D'autres sont
en préparation. Chacun des volumes de cette collection, petit in-8, est orné
d'un portrait et s'ouvre par une biographie de l'auteur. — Bruxelles,
Dechenne et Cⁱᵉ, éditeurs.

dans des livres pleins d'un sentimentalisme poétique, un peu vague parfois dans son expression, mais toujours élevé, idéaliste, résolument chrétien dans son inspiration, Octave Pirmez avait exprimé les angoisses d'une âme torturée par l'antagonisme irrémédiable de la raison et du cœur. Cherchant, selon ses propres paroles, « l'éternelle philosophie dans une pondération parfaite de la réflexion et de la passion, du chiffre et de la flamme », mélancolique et tendre à la façon de Chateaubriand, rêveur et croyant comme Maurice de Guérin, il a jeté çà et là, dans ses *Feuillées* et ses *Heures de philosophie*, des fragments épars d'apologétique, dignes par plus d'un trait d'être comparés aux *Pensées* de Pascal.

On voudrait, dans l'œuvre multiple des poètes belges, trouver une épopée divine, une œuvre de synthèse lyrique vaste et puissante, où Dieu tint la place qui lui convient, la toute première, où l'âme s'affirmât en union avec lui, à travers tous les voiles, malgré toutes les révoltes de la chair et les lourdeurs de la matière ; quelque chose enfin qui nous fît nous-mêmes, lecteurs tourmentés aussi de l'infini sans savoir peut-être le dire, plus proches de l'objet perpétuel de nos rêves, de nos aspirations et de nos douleurs.

Il faut, pour trouver quelque chose de tel, remonter de plusieurs années en arrière. *Les Quatre Incarnations du Christ*, d'André van Hasselt, datent de 1867. Certes, ce long poème n'est pas sans défaut. Le titre même et la conception théologique qu'il révèle n'échapperaient pas plus à la censure des docteurs que *la Divine Épopée*, *Eloa* et autres fantaisies semblables, où l'imagination poétique en prend fort à son aise avec le dogme. L'incarnation visible et personnelle du Christ se renouvelle, pour van Hasselt, dans la sanglante lignée des martyrs; elle s'affirme dans les conquérants des croisades ; elle triomphe enfin dans la victoire universelle de la vérité et de la paix, apanage des siècles à venir.

Malgré ce qu'elle renferme de fantaisie et d'utopie, cette grande et belle fiction est d'une inspiration foncièrement religieuse. En ses vers toujours sonores et imagés, longs et rythmés parfois comme ceux de Hugo, André van Hasselt réussit à chanter, dans maints endroits de son œuvre, des actes de foi qui méritent de ne point périr :

O Seigneur, qui savez le nombre des étoiles,
Perles d'or dont la nuit brode ses sombres voiles,
Et comptez chaque jour, dans leurs gouffres béants,
Les sables des déserts, les flots des océans,
Vous savez tous les pleurs sortis de mes paupières ..
... Oui, le Seigneur est grand ! Éternel dans l'immense,
Pour lui rien ne finit, pour lui rien ne commence ;
Auprès de sa splendeur toute splendeur pâlit.
Les foudres dans les cieux se taisent quand il passe ;
Les astres éblouis tressaillent dans l'espace
Et l'océan profond frissonne dans son lit.
... Dispense de tes mains, ô Seigneur, toujours pleines,
Les toisons à leurs prés, les moissons à leurs plaines,
A leur cœur la lumière, à leur esprit le jour.
Qu'ils vivent dans la joie et dans la paix sereine.
Ote aux grands le mépris, ôte aux petits la haine,
..... Et donne à tous l'amour !

Près de vingt ans plus tard (1886), Benoît Quinet publiait
son poème de *la Science*. Celui-là ne se perd pas en des
hauteurs d'imagination aussi fantastiques. Il fut à la fois
positif et tendre, exact et sentimental ; assez idéaliste pour
chercher le Beau, assez réaliste pour le trouver près de lui.
Optimiste sans utopie, il voyait clair parce qu'il avait le
regard du cœur très pur et très droit. Spiritualiste à la
manière de Lamartine, mais bien plus franchement chrétien,
il écrivait rarement sans parler de l'âme et de Dieu. Pour lui
le poète est un homme appelé à « chanter la gloire divine ».
Certes il exalte la science, car

Dieu pour nous les cacher n'a pas fait ses merveilles...
... Ignorer, c'est si triste et savoir, c'est si beau !
... Non, notre Dieu n'a pas de regards irrités
Pour ceux qui, les cherchant, trouvent ses vérités ;
Lui-même, il vient en aide aux triomphes de l'homme :
Près de Newton, c'est lui qui fit tomber la pomme !

Mais en termes énergiques il déplore la révolte de la
science contre la révélation et contre Dieu, — révolte
inexplicable et irrationnelle :

Car la fille du Vrai doit engendrer le Bien !

et le souffle chrétien dont s'anime son poème est si ardem-
ment sincère que, malgré quelques détails de style ou de
facture un peu vieillis déjà, ses vers allument encore, à l'égal

d'une prière, la flamme de l'amour divin dans toutes les âmes éprises de surnaturel :

> Faites monter l'encens au-dessus de la flamme ;
> Là-haut, avec ma foi, s'élève ma raison ;
> Les anges ont prêté leurs ailes à mon âme
> Et devant mes regards il n'est plus d'horizon...
> ... Loué soit le Dieu saint, auteur de toutes choses !
> Il fit l'ombre des bois, le murmure des eaux,
> La pureté des lis et la beauté des roses.
> O fleurs, brillez pour lui ! Pour lui chantez, oiseaux !
> ... Ah ! que le monde est grand et que la terre est belle !
> Et par delà l'espace est ouvert l'infini ;
> Et par delà le temps est la vie immortelle...
> Qu'à jamais de mon Dieu le saint nom soit béni...

Ne pouvait-on pas espérer que de si beaux exemples seraient suivis ? D'autant qu'auprès de ces grands poèmes, d'autres œuvres de moindre envergure, mais non moins nettement catholiques, étaient tombées de la plume du docteur Valentin, des frères Lepas, d'Adolphe Matthieu, qui semblaient aussi inviter les Jeunes-Belges à aborder franchement la poésie religieuse. Pourtant ce genre semble fort délaissé par les littérateurs d'aujourd'hui.

Sans doute, l'hymne pieux ne se tait pas ; il y a en Belgique beaucoup de poètes catholiques, et qui ne rougissent pas de leurs croyances : tels sont MM. Adolphe Hardy, Jules Sottiaux, Thomas Braun. Mais à part M. l'abbé Hoornaert qui a écrit *l'Heure de l'âme* et groupé quelques sonnets fort bien ciselés sous le titre de *Poème divin*, il n'y en a point qui aient, d'une manière habituelle ou seulement un peu continue, orienté leurs aspirations lyriques vers l'invisible objet de notre souverain amour.

Si telle est l'attitude des catholiques, on devine ce que sera celle des autres. Parmi les poètes, tous plus ou moins *esthètes*, de la période actuelle, certains affectent un dilettantisme indifférent ou éclectique, qui est le contraire de la vérité et qui n'est jamais réellement au fond d'une âme flamande. Que s'ils osent, parfois, s'en départir, leur piété est froide et de commande. C'est une forme d'art comme une autre. Ainsi Max Waller a écrit un *Ave Maria mondain* où le sensualisme se dissimule sous un mysticisme vague ; Rodenbach, le triste et doux Rodenbach, qui aurait pu rimer de si belles prières, aime la sainte Vierge d'un amour fade et presque sensuel :

> On cause avec la Vierge à genoux, à pleine âme
> Car on l'aime encor plus, elle, puisqu'elle est femme.

M. Albert Giraud, qui n'est guère coutumier de la prière en vers, a rimé un sonnet un peu précieux, mais du moins respectueux et presque tendre, devant une vierge gothique. M. Émile van Arenbergh, qui forge d'ailleurs superbement le vers, se demande, en face du Calvaire et de la *Mater dolorosa*, ce qui pèse le plus dans la balance des justices divines :

> Est-ce le sang du fils ou les pleurs de la mère?...

Tout cela montre assez que les écrivains de ce groupe ne sont pas préoccupés sincèrement de la question religieuse, et que, s'ils la traitent, c'est en passant, comme on parle de tout autre chose, sans la moindre émotion intérieure.

Il n'en est pas tout à fait ainsi de trois poètes de marque, MM. Maeterlinck, Verhaeren et Iwan Gilkin. — J'avoue que j'ignore tout de la personnalité de M. Gilkin. Mais les deux autres furent, comme Rodenbach leur condisciple, élèves au collège des Jésuites de Gand. C'est dire qu'ils appartenaient à des familles chrétiennes et que leur âme, pénétrée de christianisme, ne pouvait pas considérer facilement la religion comme un accessoire, le mysticisme comme une fantaisie d'art et le « bon Dieu » comme un personnage imaginaire, thème à développements de fantaisie.

Hélas ! M. Maeterlinck avoue lui-même qu'il a mis dix ans à se débarrasser de ses croyances, et M. Verhaeren emploie une partie de ses œuvres à se révolter contre Dieu, contre la destinée, contre le devoir moral. Nous avons déjà dit tout à l'heure à quel fatalisme aboutit M. Maeterlinck. M. Verhaeren a souffert, moins peut-être qu'il ne le dit, car un poète exagère toujours sa douleur. Il avait peut-être rêvé, comme les disciples, d'une religion terrestre, aux paradis faciles et prompts. Son âme se révolte contre l'épreuve, la souffrance, la nécessité de l'expiation. Dans *les Soirs*, *les Débâcles*, *les*

Flambeaux noirs, il dit ses tristesses et ses doutes. Il constate ailleurs que les vieilles croyances disparaissent :

> Les madones ont tu leurs voix d'oracles
> Au coin des bois, parmi les arbres ;
> Et les vieux saints et leurs socles de marbre
> Ont chu dans les fontaines à miracles.

Il constate aussi que les doutes n'éteignent pas en lui le besoin de prier, puisqu'il dit à Dieu :

> Et je te crois mensonge, et mes lèvres te prient.

Mais ici, comme toujours, il n'y a qu'une ruée fougueuse, où l'on voudrait une envolée vraiment lyrique ; et ce qui pouvait être une angoisse tragique, peut-être un désespoir sublime, n'est qu'une lamentable prostration vers la matière. C'est sa propre attitude, en effet, que M. Verhaeren me semble avoir décrite, dans le dernier en date de ses poèmes :

> ... Le gars pense à sa Flandre avec des pleurs aux yeux ;
> Il ne croit plus ce qu'on croyait sous les aïeux ;
> Il sait qu'un autre esprit que le rêve des pères
> S'implantera, un jour, aux clos héréditaires,
> Et que les bras sont vifs quand est clair le cerveau.
> Il songe, il ne sait pas à quels espoirs nouveaux ;
> Il doute, il croit ; il est ardent et il est triste ;
> Il sent que quelque chose en lui-même résiste,
> Et, s'affalant soudain aux pentes d'un fossé
> Avec du sang qui bat son front et ses narines,
> Il met à nu sa large et farouche poitrine,
> Et l'appuyant parmi les creux du sol cassé,
> Longuement, sourdement, dans un coin solitaire,
> Les poings fermés, il sanglote contre la terre.

Qu'il soit permis de le lui dire ici, puisque parfois, dans ses meilleures pièces, M. Verhaeren sembla rêver d'un nouveau Christ, qui restaurerait l'humanité : il n'est pas besoin qu'il revienne, celui qu'on lui apprit à connaître lorsqu'il était petit enfant. Peut-être le verrait-il plus clairement, si son regard était moins exclusivement tourné vers la terre, et si, changeant un peu son attitude,

> Les mains jointes, il sanglotait contre l'autel...

Il n'est, du reste, malheureusement pas le seul en qui le

sentiment religieux ou l'inquiétude mystique, ployant sous la lourdeur des instincts trop matériels, perd la force incomparable de sa puissance lyrique. Mais tandis que, chez M. Verhaeren, une certaine complaisance personnelle et une vaine confiance en la science font encore entendre une note de fierté, il n'y a, chez M. Iwan Gilkin, qu'un regret brutal et cru du paganisme. La sensualité allumée en lui déplore la disparition des temps où la chair se faisait Dieu. Ce lyrisme-là, malgré des accents de sincérité parfois bien humains et qui arrivent par là même à toucher nos cœurs, est dans l'ensemble tellement sensuel et vil, que nulle âme tant soit peu éprise des choses immatérielles, nulle âme surtout arrivée à la connaissance de Dieu, du Christ Jésus et de la Vierge sa mère, ne saurait, à ces cris charnels, tressaillir que de dégoût.

A l'excès de matérialisme dans les idées se joint, comme naturellement, un excès de sensualisme dans les moyens d'exécution.

D'abord, on le comprend bien vite, l'amour des descriptions doit facilement amener l'abus de ce procédé. L'amour des couleurs et des images nuit finalement à l'idée qu'on veut ou qu'on doit mettre en lumière. Ce fut le grand tort des *symbolistes* de s'arrêter à l'image pour elle-même. Or, par leur nature et leur caractère, les écrivains belges étaient comme prédestinés au symbolisme.

Ils ne se firent pas faute d'y tomber, — du moins quelques-uns des plus marquants. Mais, outre que la plupart en sont bien revenus à l'heure actuelle, ils ont reçu naguère, d'une plume autrement autorisée que la mienne, des leçons que l'on n'accusera certes pas d'être trop indulgentes et qui me dispenseront de revenir sur un tel sujet[1].

Un autre excès est celui des couleurs. On dirait que certains auteurs belges écrivent avec un pinceau de peintre en bâtiment! Ils ont, semble-t-il, besoin d'*exagérer* les tons. Ils les veulent outrés et criards. Ils font presque fi des demi-teintes. De là plusieurs inconvénients considérables.

D'abord, l'excès même de la réalité des métaphores leur

1. Voir l'article de M. V. Delaporte : *Symbolistes et Décadents*, dans les *Études* du 5 août 1905.

nuit. Une image, comparaison ou métaphore, ne vaut que par l'analogie. Or toute analogie, évidemment, est mêlée de dissemblances et de similitudes. Pour que la métaphore nous séduise donc et nous plaise, pour qu'elle nous éclaire sans nous offusquer, il faut qu'elle reste empreinte d'un certain *flou*, où se noient les dissemblances, et que discrètement elle mette en relief seulement les points de similitude. Trop insister, forcer le rapprochement, mettre les deux termes trop près l'un de l'autre, risque de faire saillir les contrastes et de déceler l'effort de l'art, ce qui est le plus sûr moyen d'en compromettre le succès.

Voici un exemple. Tout le monde admet que l'on compare un papillon, un oiseau même, à une fleur. Et je ne prétends pas, bien au contraire, que ce rapprochement soit neuf ou insolite. L'image nous plaît, lorsque M. Edmond Picard nous représente les papillons comme des « orchidées volantes ». C'est indiqué, on ne songe qu'à la ressemblance, et cela charme. Mais dans une longue poésie intitulée *les Corneilles*, M. Émile Verhaeren veut absolument nous démontrer que ces oiseaux ressemblent à des fleurs, et il insiste si bien que nous remarquons surtout en quoi ils en diffèrent !

> Le plumage lustré de satins et de moires,
> Les corneilles, oiseaux placides et dolents,
> Parmi des champs d'hiver que la neige a faits blancs,
> Apparaissent ainsi que des floraisons noires...

Jusqu'ici c'est très bien. Mais pourquoi vouloir accentuer les détails ? Une de ces corneilles devient « une fleur d'encre » qui « gémit une plainte ». Une autre

> ... se rêve, en un coin rongé d'eau,
> Fleur tombale d'un mort qui dormirait sous terre.

Une troisième, vieille et paralysée, est une

> Plante hiéroglyphique en fleurs depuis mille ans !...

Il est impossible de ne pas trouver ces rapprochements forcés et cela rappelle trop *les Serres chaudes* que M. Maurice Maeterlinck écrivit à ses débuts, et dont la paternité doit, j'imagine, lui inspirer maintenant fort peu de complaisance.

Encore cet excès de *matérialisation*, si regrettable qu'il soit, nuit-il à l'effet artistique seul. Il est un autre excès bien plus grave dans le procédé ordinaire des poètes et prosateurs belges contemporains. C'est le réalisme du détail. A force de vouloir trouver et rendre le détail caractéristique, ils arrivent à une crudité de réalisme dont l'art ni la morale ne pourront jamais s'accommoder.

Je sais que l'amour du réalisme, poussé jusqu'à l'excès, est un des traits de la peinture flamande. Hérité des vieux maîtres de l'art, il prédisposait les jeunes, mieux encore que leur engouement pour Zola, aux crudités les plus audacieuses. Les ivrognes aux mines truculentes qu'immortalisa Teniers, les enfants repus et débordants qui salissent les kermesses de Jordaens, sont l'habituelle excuse des écrivains belges naturalistes. Elle n'est pourtant pas tout à fait admissible.

Car enfin ce qui est laid n'est pas beau ! Il faudrait être d'un optimisme exagéré et incorrigible pour nier l'existence du laid dans la nature. Or l'imitation ou la reproduction du laid, si parfaite, si exacte qu'elle soit, ne constituera jamais une forme d'art. Au contraire, plus la reproduction du laid sera parfaite, plus l'image sera laide : il y a des photographies très fidèles, qui sont très laides. Mais si la contemplation des laideurs matérielles est interdite à l'art, que dire des laideurs morales? Comment a-t-on jamais pu se persuader que la peinture des vices, des hontes de l'âme, des sentiments anormaux, des actions coupables, soit une forme supérieure de l'art? Comment a-t-on pu soutenir que l'art purifie tout et qu'il a le droit, par conséquent, de toucher à tout? L'homme est un ; il ne peut, par conséquent, établir, entre sa conscience et ses facultés esthétiques, une telle séparation qu'il arrive à justifier devant l'une toutes les libertés des autres. Même en dehors de ceux qui ont le bonheur de posséder dans le Décalogue et l'Évangile la règle pure et infaillible de toute morale, il n'est pas d'homme qui puisse, au fond même de son âme, arriver à se persuader que son activité littéraire soit, plus que n'importe quelle autre forme de son activité libre et consciente, soustraite au contrôle souverain de sa raison. Voilà pourquoi *l'art pour l'art* ne sera jamais qu'une formule vaine, et le naturalisme une forme de péché.

Par une juste et providentielle punition, cet excès de réalisme descriptif porte souvent avec lui son châtiment. Sans qu'il soit permis ni utile d'entrer ici dans les détails inconvenants, on me permettra de donner au moins quelques brefs exemples du mauvais goût où peut conduire l'abus des détails sales et laids, des comparaisons triviales et dégoûtantes, où se complaisent certaines plumes.

M. Iwan Gilkin écrit dans *les Ténèbres* :

> Mon âme jadis intrépide,
> Drapeau chantant au vent joyeux
> Pend, morne, trouée et sordide,
> Sur mes os mous et carieux...

M. Émile Verhaeren dépeint le repentir d'un moine :

> Mon torse est saccagé par le remords ;
> Je sens les langues de la mort
> Frôler mon âme et la brûler ;
> Mes yeux, ma bouche et ma poitrine
> Sont des latrines de péché ;
> Pendant longtemps, je me suis tu et j'ai bouché
> Mes narines devant ma propre puanteur...

On peut douter qu'un pareil acte de contrition touche beaucoup la sainteté divine ! Et quand M. Eugène Demolder, dans un livre destiné aux enfants, veut décrire gentiment une prairie, voici quelques-uns des charmes qu'il y voit :

« ... Les oisillons au bec jaune cancanaient ; leur père, le grand jars, tendait son cou droit comme une hampe et trompettait pour Perrette, sa femme, toujours en retard à cause de son gros ventre. Les vaches meuglaient, ruminaient ; leurs pis se tendaient ainsi que des cornemuses, et puis flic, flac ! une belle bouse tombait dans l'herbe. Gare de marcher dedans ! »

Que n'a-t-il pris garde lui-même d'y empâter sa littérature !...

Et la faute de goût est d'autant plus choquante, lorsque ces détails orduriers se mêlent à une description d'ailleurs jolie ou à une idée d'ailleurs sérieuse. Il y a, comme dans le passage cité de M. Delmoder, un double heurt. Ce mélange d'éléments disparates, qui choque notre amour de l'harmonie, est d'ailleurs en lui-même un excès de cet amour pour la spontanéité et le naturel que nous avons déjà signalé comme

une qualité des auteurs belges. A ce titre, nous le retrouve-
rons tout à l'heure.

Mais il importe auparavant de relever, parmi les procédés
sensualistes, celui qui inspire certaines conceptions dramatiques, chères surtout à MM. Charles van Lerberghe et
Maurice Maeterlinck.

M. Charles van Lerberghe est celui que l'on tient pour le
fondateur du théâtre proprement belge et le père, selon
l'esprit, de M. Maurice Maeterlinck. Leur théâtre est décidément un genre à part. Seulement, je crains bien que ce ne
soit un genre justement intermédiaire entre le théâtre
classique et le cirque.

Dans cette conception de la tragédie, les sens jouent incontestablement beaucoup plus grand rôle que l'esprit. La sensation tend à remplacer l'idée. Tout le monde connaît la
fameuse scie des deux enfants qui ont le hoquet :

— Anatole, fais-moi peur...

— Hou ! hou !...

Dans une bonne partie des pièces de MM. van Lerberghe,
Maeterlinck et de leurs imitateurs, la partie littéraire se
réduit trop souvent à faire *hou, hou!* sous une forme très
amplifiée et pourtant le moins variée possible. La tragédie
classique nous inspire aussi des sentiments d'effroi, mais en
passant par des idées ; elle emploie des mots et des concepts ;
elle fait connaître, pour parler comme M. Maeterlinck lui-
même à propos de Racine, elle fait connaître ses personnages
« par ce qu'ils expriment de leur âme ». Or, les mots et les
idées nuisent, selon M. Maeterlinck, au caractère immédiat
de la sensation. Un fer rouge brûle et fait crier : *Aïe!* plus vite
et mieux que la meilleure description de l'enfer. Au cirque,
nous éprouvons des sensations immédiates d'étonnement,
de terreur, de joie, presque dépourvues de tout caractère
réfléchi ou intelligent ; nous sentons et ne pensons pas. La
grande ambition du théâtre maeterlinckien est justement de
produire en nous, non pas sans doute une sensation matérielle, mais un sentiment, une impression nerveuse de
terreur ou de pitié, comme dans la nature, sans idées préala-
bles, sans réflexions, sans analyses d'avant ni d'après. Il

nous fait voir et entendre des gens qui ont peur, une peur
affreuse, une peur de cauchemar, afin que cette peur passe
d'eux en nous. Il ne veut point qu'elle y passe par des mots,
mais par des sensations et des impressions que le personnage subit là, devant nous, stupidement, passivement, sans
savoir (à plus forte raison sans nous dire) pourquoi.

Outre l'inconvénient de rabaisser singulièrement la conception de l'art dramatique, ce système a le tort d'en restreindre
les moyens d'exécution. Tout est sacrifié à la poursuite de
cette impression matérielle, de cet effet physique, sensation-
nel, à produire sur l'auditeur. De là vient sans doute cette
étrangeté des dialogues désespérément vides, monotones
jusqu'à l'exaspération, qui distingue le *théâtre pour marionnettes*. Un exemple assez connu est celui de la princesse
Maleine se faisant reconnaître par le fils d'Hjalmar, sous
le fameux jet d'eau qui leur envoie sa douche :

— Je songe à la princesse Maleine.
— Vous dites ?
— Je songe à la princesse Maleine.
— Vous connaissez la princesse Maleine ?
— Je suis la princesse Maleine.
— Quoi ?
— Je suis la princesse Maleine.
— Vous n'êtes pas Uglyane ?
— Je suis la princesse Maleine.
— Vous êtes la princesse Maleine ? Vous êtes la prin-
cesse Maleine ? Mais elle est morte !
— Je suis la princesse Maleine.

Franchement, comme l'aïeul de *l'Intruse*, cette princesse
devient exaspérante. Ainsi M. Maeterlinck est-il retombé,
par sa conception trop sensualiste de l'art dramatique, dans
cet abus où le conduisit déjà sa prédilection pour les psychologies inconscientes. De part et d'autre, une conception trop
sensuelle aboutit, comme par une nécessité impérieuse, à des
moyens d'exécution trop matériels.

De la répétition, procédé sommaire de développement
renouvelé des langues orientales, aux allitérations, il n'y a
qu'un pas ; de l'allitération aux jeux de mots, un autre. Ils ont

été plus d'une fois franchis, malheureusement, par les jeunes écrivains belges. Ils le firent d'autant plus facilement qu'ils n'avaient pas toujours, pour les guider, cet instinct impérieux de la symétrie, de l'ordre et de la mesure qui s'impose, jusqu'à la tyrannie, aux vieilles races latines.

La spontanéité ne va guère sans un peu de confusion. Et peut-être y a-t-il, au fond même de l'âme belge, un certain amour excessif de l'indépendance, engendrant parfois un mépris exagéré des règles d'esthétique traditionnelles.

Lorsqu'on suit, en promeneur, les allées qui mènent au bois de la Cambre, tout le long de cette *avenue Louise* qui forme comme les Champs-Élysées bruxellois, on admire sans doute l'élégance et la variété des villas qui la bordent. Mais ce qui frappe par-dessus tout peut-être les yeux français, c'est la persistante asymétrie de l'architecture. Il semble que ce soit une absolue nécessité, pour ceux qui bâtirent ces maisons si riches, de ne pas répondre à un motif par un motif semblable, de ne pas mettre une porte entre deux fenêtres pareilles, de ne pas faire égaux deux pavillons qui flanquent le même bâtiment.

Cette crainte de la banalité est louable, elle est souvent féconde en trouvailles. Mais enfin la recherche des symétries inverses ou la rupture voulue des équilibres ne devient-elle point, par l'abus, une convention pire que l'autre ?

Il y a quelque chose de cela dans la littérature des Belges, et quelquefois le résultat de cette petite manie sera fâcheux. Ce qui faisait, chez leurs écrivains, le charme de l'émotion sentimentale *à la germaine*, en est aussi le grave danger. En ne se soumettant pas à l'analyse et aux longues réflexions, le sentiment s'exprime d'une manière plus sincère et plus originale. Mais par là même qu'elle est moins mesurée, cette expression risque aussi d'être moins ordonnée et harmonieuse. Naturellement spontanée ou volontairement indépendante, elle ira quelquefois au delà des bornes du bon goût, qu'une plus sévère discipline l'eût heureusement gardée de franchir.

Nous venons de signaler la répétition, procédé très spontané mais un peu trop matériel, employé par les dramaturges pour produire une forte impression. Il semble qu'ils ne soient pas seuls à en user. M. Edmond Picard, dans son voyage *en Congolie*, dépeint ainsi les villages indigènes :

« Je les ai vus, dans leur riant et idyllique décor... au milieu *d'un bois*, au profond *d'un bois*, de l'épais tissu *d'un bois* cousu de lianes pleurantes. » Et nous l'avons entendu, devant des nègres qui passent, nous décrire ces « porteurs isolés ou en file indienne, *noirs*, *noirs*, *noirs* ». C'est d'une simplicité biblique, et même enfantine. Autant en diraient Bob ou Zette.

Nous avons parlé plus haut de Rabelais, à propos de certains écrivains belges. Il semble aussi que quelques-uns, pour reprendre les bonnes traditions de liberté, de naturel, de vérité, chères aux auteurs gaulois du seizième siècle, aient du même coup adopté leurs exagérations et leurs puérilités.

M. Émile Verhaeren ne dédaigne pas l'allitération. Dans une poésie des *Débâcles*, il médite sur la mort, et voici une strophe de cette grave méditation :

> Et vous aussi, mes doigts, vous deviendrez des vers,
> Après les sacrements et les miséricordes,
> Mes doigts, quand vous serez immobiles et verts
> Dans le linceul, sur mon torse comme des cordes,
> Mes doigts qui m'écrivez, ce soir de rauque hiver,
> Quand vous serez noués — les dix — sur ma carcasse,
> Et que j'écraserai sous un cercueil de fer
>   Cette orde carcasse qui casse!

M. Valère Gille, poète si parfaitement académique, n'a-t-il pas lui-même risqué, dans une *Odelette* qui est d'ailleurs un pamphlet, ce déplorable calembour, dont je cherche en vain le sens et le sel :

> Vivent Bacchus et les anciens!
>   Il nous terrasse;
> Aimons, rimons, buvons, *les siens*
>   *Chassent d'Horace!*

Quant à M. Iwan Gilkin, son amour excessif pour tout ce qui est extraordinaire, exagéré, invraisemblable, irrégulier, le prédestinait aux chinoiseries du langage, et il en a qui valent d'être citées; je les prends d'ailleurs au hasard, entre beaucoup d'autres :

> Et la mémoire, noire armoire
> Où tous les espoirs sans espoir
> Moisissent entre maint grimoire...

Ailleurs, il écrira à propos d'un amour malsain :

> O Vénus vénéneuse !...

Et dans un madrigal idyllique, qui commence assez gentiment, il finira en parlant des champignons fétides,

> Qui forcent Satan même à se boucher le nez !...

Je n'oserai certainement pas dire que des fautes de ce genre soient fréquentes chez les auteurs belges. Elles ne sont cependant pas encore assez rares chez ceux qui se font les chefs de la nouvelle école.

Fréquent en France au seizième et au quinzième siècle, ce genre avait heureusement disparu depuis la période classique. Les essais tentés par le romantisme pour le remettre à la mode ne semblent pas avoir beaucoup modifié sur ce point les idées de notre élite intellectuelle. Pourquoi donc les jeunes littérateurs belges semblent-ils trouver un charme à cette reculade ? Ne pourraient-ils prendre aux auteurs *préclassiques* leur allure vive et dégagée, ne pourraient-ils répudier les conventions trop arbitraires de la littérature « à perruque », comme ils disent, sans prendre à l'une ses excès et sans oublier les qualités et les précieuses conquêtes de l'autre ? En toute branche de l'art, il y a une évolution heureuse et progressive que l'on ne gagne pas à vouloir remonter ; il faut la suivre et profiter des enseignements, des acquisitions, des *écoles* aussi de nos devanciers, en prenant d'eux, autant que possible, tout ce qu'ils avaient de bon et en évitant les écueils où ils se heurtèrent...

A l'amour de la liberté quand même, à la soif d'indépendance et d'innovation, il faut certainement aussi rapporter l'engouement de la jeune école belge pour le vers libre.

Le vers libre ! Ses succès tapageurs, mais bien éphémères, en France, ne nous ont pas tellement émus qu'on en garde encore le souvenir. Personne ou à peu près ne lit les vers libres chez nous, et ceux qui en font avec le plus de talent doivent bien en convenir, quand ils constatent le peu de débit de leurs œuvres. La Belgique eut cette chance, que son plus grand poète lyrique, M. Émile Verhaeren, après avoir montré dans *les Moines* ce qu'il pouvait faire de la métrique classique et de ses formes rigoureuses, se fît le champion résolu du vers libre. Sur des rythmes inégaux, étranges, déconcertants, il écrivit des vers qui saisissent par des qualités extraordinaires de coloris, de fougue, d'imagination.

M. Maeterlinck écrivit en vers libres ses *Serres chaudes*. Ce fut assez de ces deux grands noms pour donner au nouveau système un parrainage glorieux qui le mit tout de suite à la mode en Belgique. On se livra avec fureur à ce qu'on appelait le *versilibrisme*, un nom barbare et dont la finale semble appeler une rime désobligeante.

Malgré les nombreuses œuvres de M. Émile Verhaeren, la fortune du vers libre ne semble pas être bien solide, même en Belgique. M. Maeterlinck s'est mis décidément à écrire en prose, et il faut avouer que cela valait beaucoup mieux. Il a fait d'ailleurs de plus beaux alexandrins dans la prose de *Monna Vanna*, par exemple, où ils sont innombrables, qu'il n'avait fait de vers acceptables dans les lignes inégales des *Serres chaudes*. Quant à M. Émile Verhaeren, c'est un fait que ses plus beaux mouvements s'écrivent comme spontanément en vers presque absolument réguliers ; il n'y manque que les détails factices des règles conventionnelles. Mais l'essentiel du rythme classique y est, et la rime aussi. Et plus il va, plus son vers, en affectant d'être libre encore, devient discipliné et régulier. Ce qui prouverait peut-être que malgré son amour de l'indépendance, le bon goût du poète, son génie rythmique prennent le dessus et que tout ce qu'il y a de vrai, de naturel, de raisonnable dans la métrique traditionnelle, s'impose quand même à son oreille et à son esprit. Il est d'ailleurs fort loin d'y rien perdre de son inspiration toujours personnelle.

Enfin il y aurait à dire, si ce trait de leur caractère n'était pas déjà bien connu en France, la tendance des écrivains belges à former des mots nouveaux, à imaginer même, pour mieux rendre leurs pensées prime-sautières et pour faire leurs métaphores plus neuves, des tournures syntaxiques inattendues. Toutes ne sont pas condamnables, assurément ;

rarement pourtant elles furent heureuses. Chez quelques
auteurs de nationalité flamande, il a pu arriver parfois que
l'effort nécessaire à leur manque d'habitude, pour trouver le
mot français correspondant à leur idée, amenât d'ingénieux
barbarismes. On en trouverait quelques-uns chez M. Georges
Eekhoud en particulier. D'autres, parce qu'ils n'ont pas à leur
disposition immédiate tout notre arsenal de vieux clichés et
de métaphores usées, arrivent par une semblable nécessité à
de pittoresques trouvailles. Et enfin tout n'est pas à blâmer
non plus dans les flandricismes populaires dont s'émaille la
« langue belge », telle que l'a fixée M. Courouble.

Mais, en général, la recherche des mots et des expressions
nouvelles joue plus de mauvais tours qu'elle ne rend de services. Tel, comme M. Edmond Picard, qui est un maître écrivain quand il veut bien parler français comme tout le monde,
devient ampoulé, torturé, obscur, quand il se mêle de tra-
vailler son style et de courir après le néologisme à effet.
C'est ce qui faisait dire à un spectateur de son *Ambidextre* :
« Ce serait bien, si ce français-là n'avait l'air d'être traduit
du suédois ! »

C'est que l'instrument dont on se sert pour ces usages
imprévus — je veux dire la langue française — est une
machine compliquée et savante, apte à de merveilleuses com-
binaisons, mais impropre aux manipulations fantaisistes. Très
serviable à qui sait la prendre, la langue française résiste à
qui veut l'asservir de force et éclate ordinairement dans les
mains qui la voudraient faire plier malgré elle.

Pourquoi d'ailleurs les écrivains belges y tendraient-ils,
quand leur gloire la plus belle et la plus pure est précisément d'avoir su, avec cette langue française telle que nous la
parlons nous-mêmes, se faire une littérature distincte pourtant de la nôtre, *nationale* par le fond comme par la forme,
et fière à si bon droit de ses originales créations?...